Verlag Bibliothek der Provinz

*Für
Tenier Lektüre
herzlich*

Peter Reutterer
AM THAYASTROM, Thaya – Tiber – Tod
Eine Kriminalsatire
herausgegeben von Richard Pils
ISBN 978-3-99028-094-2
© *Verlag* Bibliothek der Provinz
A-3970 WEITRA 02856/3794
www.bibliothekderprovinz.at
Cover: John Everett Millais »Ophelia« 1852

**KULTUR
NIEDERÖSTERREICH**

Peter Reutterer
AM THAYASTROM
Thaya – Tiber –Tod

Eine Kriminalsatire

Die Frage nach der Moral ist zumeist unmoralisch, erklärte der Dichter, der in seine Heimatstadt zurückgekehrt war. Vor mir saß ein Mann, der es gewagt hatte, eine gehörige Zeit allein mit sich zu sein. Alle verbrecherischen Machthaber haben auf das Recht des Moralischen gepocht, bevor sie ihre Verbrechen an Leib und Leben vollbracht haben.

Die Konversation am Tisch nebenan vollzog sich meinen Beobachtungen nach auf erbärmlichem Niveau. Ich war überzeugt davon, die schöne, bereits ältere Frau mit den halblangen, glatt gekämmten Haaren verdiene sich angeregtere Unterhaltung. Diese Art von Mitleid überfällt mich allzu oft angesichts der miesen Begleiter schöner Frauen: Eine Art Horror vor dem Hässlichen. Feingliedrige zartsinnige Frauengestalten müssen allzu oft ihr Leben mit einem Grobian teilen, der sie beim Souper mit derben Scherzen oder Schweigen anödet, wie dieses dumpfe Geschöpf am Nachbartisch. Das Antlitz der Dame zart wie ein Mäusegesicht, ihr Blick aufmerksam allem Lebendigen zugeneigt, ihre schlanke Gestalt in jeder Mikrobewegung ein Tanz. Ich wünschte der Dame eine gute Nacht, als sich die beiden erhoben, konnte aber nicht abschätzen, ob sie meinen Gruß registriert hatte. Natürlich war ich mir gewiss, der dumpfe Gemahl würde sofort in einen dumpfen Schlaf versinken, wie es sich nach übermäßigem Alkoholgenuss und blödem Glotzen zwangsläufig ergibt. Ein Viertelstündchen später hatte ich selber die Rechnung beglichen und war an den Thayastrom getreten, um als Poet die wunderbare Verzauberung des Nordlandes durch den Spätsommer einzuatmen. Wenn man nicht allzu zimperlich ist, kann man in der strömenden Flut auch des Nachts schwimmen. Rasch entschied ich mich allerdings gegen die poetische Großtat, gotteskindlich nackt in den braunen Nordstrom zu tauchen. Für einige Gedichtzeilen sollte die beschauliche Impression am Thayastrom ausreichen, unverzichtbares Material für den geplanten neuen Lyrikband. Aus den Erfahrungen jedes Tages sollte ein Text abfallen.

Beim Frühstücksbuffet konnte ich die Objekte meiner begehrlichen Fixierung nirgendwo entdecken, worst case wäre die Abreise der beiden gewesen, gerade jetzt, wo meine poetische Phantasie so schön in Gang geraten war. Ich schlich mich also nach einem lustlos verzehrten Frühstücksbrot – und lustloses Essen signalisiert bei mir eine nahende Depression – an die Rezeption. Direktor Franz Flößer war ein alter Bekannter von mir, schließlich verreiste ich schon beinahe zwei Jahrzehnte zur Sommerfrische in sein Hotel Thaya. Er grinste: Wieder einmal allein auf Tour, Herr Poet? Immerhin habe ich Ihnen durch meine jahrelangen Visitationen den Umgang mit rhetorischen Fragen beigebracht, antwortete ich ihm. Allerdings hätte ich eine weniger rhetorische Frage: Ist die hübsche, schlanke ältere Dame mit ihrem dumpen Begleiter abgereist oder hat die Abwesenheit der beiden einen anderen Grund. Wenn Sie mir eine Rat in aller Bescheidenheit gestatten, Herr Cordi, antwortete er: Gehen Sie Herrn Mendor aus dem Weg, Frau Lolita Mendor wäre nur ein weiteres Waterloo auf Ihren Odysseen der erotischen Art. Zumindest war offensichtlich, dass sich Herr Flößer um eine angemessene Umgangsform mit einem Poeten bemühte. Er hatte in einem Satz nicht nur ein bedeutendes historisches Ereignis zur Sprache gebracht, sondern auch noch auf die Odyssee verwiesen. Sogar die erotischen Qualitäten des homerischen Epos hatte Flößer angesprochen, auch wenn sich dessen die unzähligen Väter, die ihren Heranwachsenden Odysseusgeschichten auftischen, nicht bewusst sind. Einen kurzen Moment hatte der Direktor innegehalten, um abzuschätzen, ob sich ein Fünkchen Vernunft in mir befände. Da er mich aber bereits beinahe zwei Jahrzehnte kannte, warf er diese Hoffnung rasch über Bord. Na gut, fügte er sich ins absehbare Unglück: Frau Lolita Mendor und Herr Alfons Mendor waren lediglich etwas früher frühstücken, weil sie heute eine Kanuwanderung geplant haben. Ich stürzte über die Liegewiese hinweg zu den Stellplätzen der Kanus und sah die beiden Mendors ein Kanu zum Wasser hinab schleppen. Darf ich Ihnen behilflich sein, rief ich etwas keuchend und packte unter dem erstaunten Blick von Frau Mendor das gar nicht leichtgewichtige Sportgerät. Oh vielen Dank, antwortete sie, welch ein Zufall, dass Sie gerade jetzt, und das noch dazu im Tempo eines Airbusses vorbeigeflogen sind. Ihr Mann hatte sich, offenbar zu sehr von der Last des Kanus beansprucht, kaum umgewandt. Lolli aber, so würde ich sie bald nennen dürfen, hatte mir unverzüglich die ganze Last überantwortet und hauchte mir freihändig einen grinsenden Kuss auf die Lippen. Ich war baff. In der folgenden Nacht würde ich die Zimmertür unversperrt lassen und zu viele Stunden Lollis Leib erträumen.

Aus irgendeinem Grund war die Dame in der Nacht nicht an meinem Bett aufgetaucht. Kurzzeitig geriet ich in Gefahr, in Selbstzweifel zu versinken. Zudem plagten mich bohrende Grübeleien, wie ein respektables Wiedertreffen mit Lolli aussehen könnte. Natürlich würde es peinlich wirken, wenn ich wieder beim Kanutragen als Helfer aufträte. So verfiel ich auf eine standesgemäße Pose und beschloss, mit Schreibblock bewaffnet, mich im Café des recht übersichtlichen Ortes Thayaegg als Schriftsteller zu präsentieren. Nicht einmal eine halbe Stunde hatte ich in dieser Manier verbracht, da trat, durch die Tür schießend, die Dame meiner Träume auf mich zu. Ob ich ihr denn absichtlich auswiche, ob ich sie denn kränken wolle, zumindest bei den Kanus hätte ich ihr zur Hand gehen müssen. Gott sei Dank habe sich ihr Mann den Kanuausflug ausreden lassen. Ich beteuerte meine Bereitschaft, jeden verlangten Dienst und jeden Liebesbeweis zu erbringen. Siehst du alle Frauen mit diesem suchend einladenden Blick an, die unmoralischen Angebote sprudeln ja nur so aus dir heraus. Andernfalls erkläre mir, warum du eine beinahe sechzigjährige Dame mit deinen Augen auszieshst, fuhr sie fort. Ich sehe keine beinahe

Sechzigjährige, wollte ich charmant antworten, nur deinen liebeswarmen Blick, deine schöne schlanke Gestalt, da beugte sich Lolli bereits über den Tisch und bot mir ihre Lippen zum Kuss. Heute Abend gibt es Tanz in der Hotelbar, fügte sie hinzu, willst du mich nicht ausführen, mein Gemahl wird nämlich dringend nach Wien abgereist sein. Warum, wieso, wollte ich fragen, aber meine neue Angebetete strich mir rasch über die Stirn und gebot Schweigen. Die dümmste Frage in den wesentlichen Bereichen des Lebens ist die Frage nach dem Grund, mein süßer Poet, erklärte sie. Und vergiss dir nicht die Schuhe zu putzen, ergänzte sie lapidar, beim Tanzen sieht einem die ganze Gesellschaft auf die Schuhe. Lolli huschte davon, mir verblieb nur das Problem, Schuhputzzeug aufzutreiben, aber das sollte in einem Viersternhotel wie dem an der Thaya kein Problem darstellen. Der grinsende Flößer erbarmte sich augenblicklich und augenzwinkernd, wobei er sich den anzüglichen Hinweis nicht verkneifen konnte, meine Begleiterinnen würden sich über die Jahre zumindest altersmäßig steigern.

Du liebst Drehungen, sehr ungewöhnlich für einen Mann, konstatierte Lolli lächelnd und verbarg weder die Bewunderung noch die Freude in meinen Armen. Man sagt, gute Tänzer seien gute Liebhaber, lachte sie unverschämt lustvoll und ich musste Acht geben, nicht unter Erfolgsdruck zu geraten. Fang nicht schon wieder zu grübeln an, kommentierte sie prompt. Wenn ich die Romane in deinen Augen richtig entziffere, wollen wir uns lieb haben, und für Liebhaben gibt es weder Programm noch Leistungsvorgaben. Aber das müsste man einem Poeten eigentlich nicht erzählen müssen. Zurück in der Hotelhalle verlangte Lolli den Schlüssel für ein von ihr reserviertes Zimmer. Franz Flößer nickte devot lächelnd und kam eilfertig dem Verlangten nach. Später erst würde er mein Auftauchen mit der schönen älteren Dame kommentieren: Der Herr Poet hat sich auch in der Organisation seiner

Liebesabenteuer gesteigert: Nun lässt er die erfahrenen Damen die Zimmer für das hoffentlich amüsante Geschehen reservieren, wirklich sehr umsichtig. An dieser Stelle würde Flößer nicht nur grinsen, sondern hämisch auflachen. Im Grunde hat er leicht lachen, denn der kleine Ort an der Thaya hat keine bessere Unterkunft zu bieten. Nur einmal war ich in einer Pension auf der gegenüberliegenden Anhöhe abgestiegen und hatte es bereut. Die ganze Nacht hatte mich ein ratternder Kühlschrank nicht schlafen lassen, am Morgen hatten die grämlichen Wirtsleute ein ungenügendes Frühstück aus Marmelade und Streichkäseecken kredenzt. Ob ihr Mann denn zurückkomme oder gar noch anwesend sei, erkundigte ich mich zunächst besorgt. Doch Lolli drückte mir, so wie sie es oft noch tun würde, ihren Zeigefinger auf die Lippen. Meine Lippen umschlossen spontan diesen süßen Finger, wodurch mir zugleich der Mund für weiteres Insistieren versperrt war. Wir werden ganz lieb zueinander sein, flüsterte sie. Ich spüre, seit du das erste Mal zu mir hergesehen hast, wie sehr du nach meiner Zärtlichkeit lechzt. Im Bad halfen wir uns gegenseitig, die Kleider abzustreifen, während das Badewasser sprudelnd einlief. Endlich nackt aneinander sitzend, legte mir Lolli ihren Zeigefinger auf das sich hebende Glied und küsste mir den Nabel. Den Mund brauchte sie mir nicht mehr zu verbieten, zu sehr veratmeten wir uns bereits in Lust. Noch in der Wanne schoben wir uns ineinander. Ein paar feine Falten erinnerten mich kaum daran, dass ich den Leib einer bereits älteren Frau umarmte.

Den ersten Tag der Liebe verbringt man im Bett, zumindest im Zimmer. Höchstens zu den dringlicheren Mahlzeiten löst man sich voneinander, ohne das Aneinander-Lehnen wirklich aufzugeben. Wie durch das Öffnen eines Fensters hat sich den Lebensgängen für einen Augenblick ein von der Zeit unbeschadetes Dasein geöffnet. Beim Aufwachen in unsere alltäglichen Verstrickungen fiel mir keinesfalls zuerst Lollis Mann ein. Ich überlegte, wie weit diese neue Liebesgeschichte literarisch verwertbar wäre. Sogleich aber stellte sich mir mein Scheitern als erotischer Schriftsteller quer. Mit etwa fünf Büchern erotischer Erzählungen und Romanen hatte ich meinen Verlegern nur geringe Verkaufszahlen beschert. Wirklich angewidert hatten aber die jeweiligen Geliebten auf meine poetischen Ergüsse reagiert. Während ich mir für die Verewigung ihrer Lichtgestalten Dankbarkeit bis in alle Ewigkeit ausgemalt hatte, zeigten sie sich im Gegenteil jeweils unglaublich erleichtert, wenn sie endlich aus meinen poetischen Welten wieder ausgeschieden waren. Das erste Mal hatte ich das noch der poetischen Armseligkeit der beglückten Dame zugeschrieben, seit aber auch die Folgedamen die gleiche Reaktion gezeigt hatten, nagten heftige Selbstzweifel an mir.

   Am vierten Tag kam mit dann doch der abgereiste Gatte Lollis in den Sinn. Den Finger, den Lolli mir auf die Lippen drücken wollte, fing ich geschickt ab, drückte ihn auf die Tischplatte und verlangte Auskunft: Wenn du mir nicht verraten willst, warum dein mysteriöser Gemahl das Feld durch seine Abreise geräumt hat, bist du mir zumindest eine Aufklärung darüber schuldig, wie gefährlich seine Rückkehr für mich werden könnte. Angst ist kein guter Ratgeber für die Liebe, mein Schatz, antwortete Lolli gelassen. Solange ich dir nichts über meinen Mann erzähle, bleibt er ungefährlich für dich. Lolitas Reden beruhigte mich nicht im Geringsten. Mit wie vielen Männern ging sie denn ins Bett, wenn ihr Mann so leicht abzuschieben war? Welche Gefahren meinte sie, wenn sie Andeutungen machte, man dürfe nicht Bescheid wissen? Ist dein Mann am Ende Waffenhändler, da du wie eine Delphische Pythia wirre Rätsel ausstoßen musst. Lolli stimmte auf meine Vermutung Waffenhändler hin nicht in mein Lachen ein. Du bist wirklich sensibel, antwortete sie, erspürst mitunter Wirklichkeiten, bevor ich sie ausplappern muss. Vor

Schreck wollte ich mir Gewissheit erzwingen, aber dieses Mal verpasste ich ihren Liebe gebietenden Zeigefinger wieder, und mir war der Mund verschlossen. Bevor ich noch einmal mit Fragen in sie dringen konnte, begannen alle Sorgen sich in schönster Leibeswärme aufzulösen. Wenn wir später durchnässt und zerrauft liegen bleiben würden, würde mir vor dem nächsten Erschöpfungsschlaf ein Termin aus dem Leben draußen ins Bewusstsein schießen.

Du wirst doch nicht an Geld denken, flüsterte Lolli beim Aufwachen, so dreckige Gedanken werde ich dir gleich aus dem Kopf wuscheln. Sie zerwühlte mir das Haar, dann begann sie mir am Ohr zu knabbern. Trotzdem gelang es mir, ihr zu erklären, ich müsste heute einen Termin mit meinem Verleger wahrnehmen, da ich andernfalls aussichtslos in den finanziellen Ruin abstürzen würde. Verleger machen Autoren nervös, infolge weitgehender Abhängigkeit ist die Beziehung von Grund auf konfliktträchtig. Das Konfliktpotential wird durch die absolute Kuriosität der Verlegerfiguren vergrößert. In einer Zeit, in der die digitalen Medien dem Buch sowohl im Sachbereich wie in der Belletristik den Rang abgelaufen haben, produzieren nur noch Verrückte Bücher. Im Verhältnis zwischen Autor und Verleger betrifft das Attribut der Verrücktheit beide Teile des Produktionsverhältnisses. Der überwiegende Teil jüngerer Bevölkerungsschichten hält die Literaturszene zudem für blanken Anachronismus. Dessen ungeachtet werden die Jugendlichen von ihren Deutschlehrern zum Lesen schöner Literatur gezwungen, was sie mittels Inhaltsangaben aus Wikipedia zumeist umgehen. Ob ich denn wüsste, welchen Ruf, besser gesagt Verruf, Humbert Cordi in der Szene hätte, eröffnete mein resoluter Verleger den Disput. Er aber wäre wild entschlossen, dieser Nachrede, ich schriebe erotisch monoman, entgegen zu arbeiten. Er, Reinhard Fricke, müsse sich nämlich um das Renommee seines Verlages sorgen, er jedenfalls hätte einen Ruf zu verlieren. Und er würde keinen Autor mehr publizieren, den man hinter vorgehaltener Hand als Pornographen abtue. Der Schwall massiver Vorhaltungen hatte mir zunächst die Sprache verschlagen. Bevor ich mich vom ersten Punch erholen konnte, traf mich der zweite. Fricke knallte mein Lyrikmanuskript auf die Tischplatte und eliminierte lautstark schimpfend alle Gedichte, die sich irgendwie auf Liebe oder die Schönheit von Frauen bezogen. Wild gestikulierend stopfte er die verworfenen Gedichte in den Papierkübel, der bald durch die große Menge entsorgter Liebesgedichte überzuquellen drohte. Mein Liebesatem ganz augenscheinlich verwerflich. Kurz überlegte ich, darauf zu verweisen, dass ich über den Tod ebenso viel wie über die Liebe gedichtet habe, aber auch damit macht man in einer reaktionären und amüsierwütigen Medienlandschaft keinen Staat.

An der Rezeption steckte mir der grinsende Flößer einen Zettel von Lolita Mendor zu, Pflichten hätten sie für zwei Tage nach Wien gerufen, ich solle ihren Anruf abwarten, sie liebe mich. Die Anmerkung des Direktors ließ nicht auf sich warten: Vermutlich würde die ältere Dame nach den beiden Liebesnächten eine Erholungskur benötigen, er hätte nicht gedacht, dass ich in Wirklichkeit und nicht nur in meinen schmuddeligen Romanen solch ein Sexbomber wäre. Natürlich lag die Liebste in der Nacht wieder bei mir im Bett, zwar nicht leibhaftig, aber ihre Wärme umhüllte und durchdrang mich. Falls ein Leser diese Aussage als Kitsch verlachen sollte, würde ich ihn des Unverständnisses bezichtigen. Reinhard Fricke des Unverständnisses zu bezichtigen, war mir aus strategischen Gründen verwehrt, er hatte nach seiner Vernichtungstat mir die Produktion von fünf weiteren Gedichten in Auftrag gegeben. Sollte ich diese nicht innerhalb von vierzehn Tagen abliefern und sollten sie nicht hundertprozentig erotikfrei sein, würde er mich und meine Machwerke aus dem Verlagsprogramm eliminieren. Nun werden bei einer seriösen schriftstellerischen

Arbeit im Verlauf eines ganzen Jahres nur fünf wirklich haltbare Gedichte verfasst, alles andere zerfällt bei mehrmaligem Durchlesen wegen Substanzlosigkeit zu einem banalen Geschreibsel. Das Blatt Papier vor mir blieb leer, mein endgültiger Ruin als Schriftsteller war abzusehen. Dabei hatte bereits der schicke Rudi Hundinger durch eine Rezension meines letzten Romanes mich zur Schnecke gemacht und literarisch zertreten. Ganz ohne Umschweife mit Fußtritt von oben nach unten, dabei hatten ihn nicht einmal die erotischen Passagen gestört. Ich hätte nur jede Art von Philosophie oder Theologie vermeiden müssen, hätte jede theoretische Möglichkeit existenzieller Transzendenz ausschließen müssen. Aber irgendwie war mir das Wort Seele bereits auf den ersten Seiten des letzten Romanes herausgerutscht und hatte mich für den Südtiroler, der in Wien den Intellektuellen zu spielen versuchte, zum Freiwild gemacht. Mit einer Mischung aus Positivismus und Melancholie kann man in Österreich noch Staat machen. Bevor ich endgültig in nachhaltige Verstimmung verfiel, signalisierte mein Handy einen Anrufer, rasch warf ich einen Blick darauf. Keinesfalls meldete sich meine vermisste Lolli, es war einer meiner sogenannten Freunde, die sich im Fall irgendwelcher amourösen Krisen bei mir zur Beratung meldeten, sonst kaum vorhanden waren. Offensichtlich hatte ich mir nicht nur in der Literaturszene Österreichs, sondern auch im engeren Freundeskreis das Ansehen eines einschlägigen Spezialisten erarbeitet, lediglich meine Liebhaberinnen behandelten mich als gewöhnliches Maskulinum. Leo begann auch nicht einmal der einleitenden Höflichkeit halber mit einer Frage nach meinem Befinden, sondern befasste mich ohne Umschweife mit seinem aktuellen Beziehungsproblem. Schon länger hätte er keinen Sex mehr mit seiner Frau, sie würde ihm zu wenig zärtlich begegnen. Ihre direkte Art, ihre Vorliebe für einen fest gestoßenen Koitus würden ihn abturnen. Seit zwei Jahren schon würde er sich jeder Art von Sexualität mit ihr fernhalten. Ich fragte nach, ob ich richtig vernommen hätte: Üblicherweise und multimedial würde sich nämlich die Frau über zu wenig Vorspiel, gar kein Nachspiel und insgesamt zu wenig Zärtlichkeit beklagen. Nein, ich hätte schon richtig verstanden, versicherte mir Leo, seine Gespielin würde sich ohne einleitende Zärtlichkeiten nähern, jeder Gusto auf Sex würde ihm durch den harten Zugriff vergehen. Mir fiel gerade eine Strophe für ein Grönemeyer – oder Heller – Lied ein: Männer brauchen Zärtlichkeit, mehr als eine Frau begehrt. Aber wenn ich auch noch Songtexte schriebe, würde sich der letzte Verlag in diesem Land von mir abwenden und Rudi Hundinger würde mir als Schlagertexter den mir verbliebenen Rest an Seriosität absprechen. Mein ehrlicher Rat für Leo hätte lauten müssen: Wenn du Zärtlichkeit willst, teile das zuerst mit vollem Nachdruck deiner Frau mit. Wenn sie innerhalb von drei Tagen dann nicht deiner Empfindsamkeit entspricht, vergiss sie und suche dir eine einfühlsame Liebhaberin. Vergiss einfach die Frauen, die dir deine Rückenhaare nicht mit ihrem Touch zum Sträuben bringen, vergiss sie einfach. Oder du wirst bis an dein Lebensende ein Bettler der Liebe bleiben und vergeblich darum bitten, zärtlich berührt zu werden. Und findest du keine Frau, dann versuch's mit einem Mann oder einer Kuhzunge oder irgendetwas anderem, aber warte nicht bis nach deinem Tod. Vielleicht hätte mir das Verfassen eines Liebesratgebers einen publizistischen Bestseller eingebracht. Bei meinem Freund hatte ich das Glück, nicht wirklich einen Ratschlag geben zu müssen, Leo war damit zufrieden, seinen Beziehungsmüll bei mir abgeladen zu haben, und ohne zumindest am Schluss noch irgendwie nach meinem Befinden zu fragen, hatte er bereits aufgelegt. Mein Blick fiel auf die Uhr, und sofort war mir klar, warum Leo so rasch die Leitung zu mir gekappt hatte: Es war fünf vor acht, Zeit für seine Lieblingssendung Seitenblicke. Diese war ihm in jedem Fall heilig, ohne die Viertelstunde Seitenblicke war ihm der Tag unvollkommen.

Nach dieser Frustration knetete ich die Tuchent eine halbe Nacht lang kreuz und quer, schüttelte sie, ohne daraus Lollis Leib erstehen lassen zu können. Da erschien auf dem Handydisplay endlich ihr Name, heftig riss ich das Gerät ans Ohr und prallte gegen eine männliche Stimme: Hat also auch dieses Jahr einer meine Lolli ins Bett gekriegt, brummte diese, aber mach dir keine Illusionen, du bist genauso wenig der Einzige wie ich. Allerdings habe ich dir etwas voraus, Lolli gehört mir, ich habe sie gekauft, bis an ihr Lebensende ist sie mir vermacht. Ein erfolgloser Schreiberling bedeutet für sie nicht mehr als ein bisschen Zerstreuung. Bis ich erfasst hatte, dass am anderen Ende des Telefons Lollis Ehemann polterte, hatte er bereits aufgelegt. In meinem Kopf rotierten sich überstürzende Befürchtungen: In welcher Gefahr für Leib und Leben schwebte ich, wie konnte meine neue Affäre so rasch entdeckt werden, wie wichtig war es, meine Geliebte zu warnen, welch kompliziertes Ehegeflecht aus Besitzansprüchen fesselte Lolli an ihren Mann. Zwei Stunden später erlöste mich Lolli aus meiner beklemmenden Angststarre. Sie habe ihr Handy verloren, sonst hätte sie mich bereits aus dem Zug angerufen. Und sie könne gar nicht sagen, wie froh sie sei, ihren dumpfen Ehemann wieder für drei Wochen los zu sein. Apropos Ehemann, wollte ich dazwischen brüllen, da verschlossen mir ihre Finger, dieses Mal benötigte sie alle fünf, den Mund, einige Augenblicke später aber spürte ich hundert Finger mir über die Haut streichen.

Auch wenn die Liebe groß ist, muss man wieder einmal aus den Federn auftauchen. Nach ein paar Tagen muss man das Liebesnest verlassen, um frische Luft zu schnappen. Gar nicht so schlecht dieser Tag zum Aufstehen, bemerkte Lolli und dehnte sich nach allen Himmelsrichtungen. Sie hatte Recht, ein unglaublicher Spätsommertag hatte sich über das sonst so herbe Nordland gebreitet. Lolli rümpfte ihr Näschen und strahlte aus ihren gewitzten Augen. Unglaublich berauschend duftet der Wald, bemerkte sie, riechst du das auch. Wir waren rasch einig, im nahe gelegenen Mühlteich schwimmen zu gehen, weniger einfach war es, sie zu überreden, ein wenig über sich zu erzählen. Mein Lieber, begann sie schließlich, und das klang ziemlich gequält. Für dich, lieber Humbert, damit du sie gleich in einer Geschichte verbraten kannst, beginne ich mit der Pointe meines Lebens. Die Pointe meines Lebens ist einfach die, dass ich ein faules Mädchen bin, früher ein fauler Teenager und Twen, jetzt ein bequemes älteres Mädchen. Mich haben immer nur Geschichten von Menschen und ihren seelischen Dispositionen interessiert, es wäre mir unerträglich gewesen, zur Selbsterhaltung jeden Tag um sieben Uhr aufzustehen. Alle Tage meines Lebens habe ich entweder mit Kontakten oder beliebiger Lektüre verbracht. Die Kehrseite der Medaille hast du bereits mitbekommen: Ich bin aus der elterlichen Obhut heraus sehr direkt und unmittelbar zur Gattin eines Waffenhändlers geworden. Weißt du, dass Österreich Rang 24 bei den weltgrößten Waffenexporteuren einnimmt. Und weißt du, dass keine der letzten Wirtschaftsrezessionen den Waffenhandel betroffen hat. Es ist eher umgekehrt, je schlimmer weite Bevölkerungsschichten verarmen, desto dringender werden Waffen benötigt, um die Verelendeten ruhig zu stellen. Früher konnte man die Hungernden in ein moralisches Korsett zwängen, um sie als Gebrochene ohne Gegenwehr auszubeuten. Aber könntest du nicht wieder auf deine Lebenspointe zurückkommen, bat ich Lolli, bevor sie sich weiter in einen politischen Diskurs verstrickte. Mehr gibt es kaum zu erzählen. Ein paar Tage im Monat lebe ich tatsächlich mit meinem Ehegemahl zusammen, das ist der Deal. Ich sorge dafür, dass die Haushaltshilfe pünktlich straff gebügelte Hemden und scharfkantige

Hosenbeine bereit legt und dass auf den Staatsempfängen eine Dame an Mendors Seite aufmarschiert, für deren Konversation sich niemand zu schämen braucht. Punkt, das war die Pointe. Etwas schläfrig blickte Lolli auf den schönen Teich hin, der vor uns aufgetaucht war und zum Schwimmen und Tauchen einlud.

   Ein paar Minuten später hatten wir es uns am Ufer des Mühlteiches bequem gemacht. Ein nördlicher Sommer duftete aus allen Poren, als müsste er einen bis ans Ende aller Tage mit seinem Duft betören. Unsere Zehen spielten miteinander im Gras, man schaut endlich einmal in die Welt, als könnte sie ihre Ruhe außerhalb der Zeit finden. In diese beginnende Selbstversunkenheit hinein kristallisierten sich mir Wortgebilde, die möglicher Weise für ein Gedicht verwendbar waren. Als professioneller Poet bin ich naturgemäß mit einem Moleskine Block ausgestattet, um gegebenenfalls grandiose Ideen für den noch ausstehenden Bestseller aufzunotieren. Allerdings versuchen inzwischen auch schon Studenten mit Moleskine etwas Eleganz in ihre aus Massenvorlesungen und Knockout Prüfungen funktionalisiertes Leben zu bringen. Ich schrieb: Liebe wirkt dort, wo sich das Leben in sich selbst verträumt. Natürlich erschrak ich vor mir selbst, solche Ideen konnten meinen schriftstellerischen Untergang nur noch beschleunigen. Rudi Hundinger würde mir wegen des Verbes träumen den Garaus machen und für Reinhard Fricke müsste ich klar stellen, dass das Wort Liebe nicht zwingend erotisch konnotiert wäre. In diesem Augenblick vibrierte mein Handy leicht unter einer Shortmessage: Vierzehn Tage, fünf Gedichte, ihre letzte Chance. Sofort verwarf ich nun, endlich bekehrt, obigen Satz, er schien völlig unverwertbar für ein gängiges literarisches Produkt. Gleich hüllte mich wieder der berauschende Duft der umliegenden Wälder und Wiesen ein. Ich blickte zu Lolli hinüber, sie war in den letzten Roman von Murakami versunken. Mir war etwas unklar, wie und warum ich den

Waffenhändler vergessen konnte, aber ohne Zweifel hatte ich ihn vergessen. Wir könnten jetzt einmal baden gehen, dachte ich und erhob mich. Pass auf, sagte meine liebe Schöne, man sieht es nicht von außen, aber der Teich quillt vor Karpfen über. Also wundere dich nicht, wenn sie ab und zu an deinen Beinen vorbeiglitschen. Ich lächelte, Karpfen war kulinarisch gesehen mein Lieblingsfisch. Nur leise Wellen wehte der leichte Wind ans Ufer. Gleich umspülte das warme Wasser meine Füße, von den mir angekündigten Karpfen war weit und breit nichts zu bemerken. Hoffentlich streift mich wenigstens einer deiner glitschigen Karpfen lachte ich, zwischendurch liebe ich tierischen Touch. Lolli lachte auf, auch ihr perlte das schöne Wasser bereits von der Haut, während ich so rückwärts ins Wasser schwankte und das Gleichgewicht verlor.

Als ich unter Wasser tauchte, war ich einigermaßen erstaunt. Das bräunlich eingefärbte Teichwasser erwies sich aus mir unerklärlichen Gründen als schillernd durchsichtig, als wäre ich in eine mir unbekannte Wasserwelt aufgenommen worden. Als würde ich in eine neue Welt hineingeschraubt, nur an den Rand gerückt fand sich noch der mir so gut bekannte Waldviertler Mühlteich. Und da waren sie auch, die Fische, von denen Lolli mir erzählt hatte. Wie glänzende Haut schwirrte es da vor mir und die gerade noch wie Fischmäuler anmutenden Lippen schienen mich nun als weibliche Lockung dazu verführen zu wollen, tiefer in ihr Reich einzudringen. Wie Wesen aus einer anderen Welt, die völlig auf Sinnlichkeit reduziert zu sein schienen, leuchteten sie mir entgegen. Ich konnte nicht widerstehen, ich musste den Glanz ihrer Leiber anrühren, sie waren drall und bis in die kleinsten Muskel beweglich, diese sehnig kräftigen Weibchen, und erstrahlten vor Sinneslust durch das vom Spätsommer durchlichtete Wasser. Für eine schöne Weile, ich weiß nicht, wie lange, versank ich in diesem Pool aus tausend und einer Farbe. Über den Grund des Teiches ließ ich mich treiben ohne ein Später, von oben her streichelte mich das schöne Waldviertler Sommerlicht. Meine Erregung konnte ich vor der Fischwelt nicht mehr verbergen, Lust und Scherz verschwammen ineinander. Nicht abzusehen war, welche der Fischmäuler zudringlich nach mir schnappten und welche sich den Mund geschwätzig über mich zu zerreißen begannen. Erst als ich wieder aufgetaucht war, begann mein Kopf wieder Fragen zu stellen: Wie war es möglich gewesen, so lange ohne Luft unter Wasser auszuharren. Würde Lolli mir wegen der nachhaltigen unter Wasser erfolgten Erregung grollen. Aber Lolli lachte nur lauthals, als sie mich so kräftig erregt über die Wiese torkeln sah. Mein Schatz, sagte sie, ich habe die Karpfendamen gar nicht so berauschend erlebt, eher als sanften Schauer oder leises Glitzern. Versonnen sah ich zurück auf den Sommerteich. Die Zauberwelt der von mir aufgespürten, silbrigen Karpfenmädchen war völlig unter der Wasseroberfläche verborgen. Lolli strich mir aber das Haar und wurde ernst: Diese Welt da unten ist für mich zwar nicht neu, aber ich kann sie dir nicht erklären. Sie legte mir ihren Zeigefinger auf die Lippen und ergänzte: Also stell mir keine Fragen, die ich dir nicht beantworten kann, und geh bitte niemals allein im Mühlteich tauchen. Danach sank Seniora Lolita Mendor wieder auf unsere Decke und schien sich an diesem Nachmittag kaum mehr rühren zu wollen. Es stört mich nicht, wenn du mir den ganzen Nachmittag auf den Hintern schaust, verlautete sie lethargisch, aber heute würde mir die Hitze der Sonne genügen. Du irrst dich nur ein klein wenig, was meine Tagesplanung angeht, widersprach ich. Eine halbe Stunde werde ich an diesem Tag nicht deinen Hintern betrachten, sondern ein paar Sätze in Schrift stellen, was einige kuriose Typen auf dieser Welt, wie der Name verrät, zu Schriftstellern macht. Allerdings könnten sie von deinem ästhetisch vollkommenen Hintern erzählen. Und wenn du dir später die Mühe machst, dich auf den Rücken zu drehen, werde ich sogleich Gesänge auf die köstlichen Rundungen deiner Vorderseite anstimmen.

Bevor ich den Verlockungen Lollis aber nicht mehr widerstehen konnte, erwischte mich Beno, mein zweiter bester Freund, wie es im aktuellen Jugendjargon heißt, am Handy. Worin sich Leo und Beno unterscheiden: Beno ist um ein Vielfaches selbstmitleidiger als Leo. Schon wenn er auf Blicknähe an einen herangerückt ist, spürt man sein unmäßiges Selbstmitleid und versucht seinen Zumutungen auszuweichen. Man spürt sofort, dass man ihn nicht wirklich davon abbringen wird können, von der Kläglichkeit seines Schicksals völlig vereinnahmt zu sein. Worin sich Leo und Beno nicht unterscheiden: Sie sprechen unentwegt über ihre Beziehungsprobleme und werden etwas ungehalten, wenn ich von mir zu berichten versuche. Benos Hauptthema sind unglückliche Affären, in die er sich aber ohne Unterlass und mit einem obskuren Vergnügen verstrickt. Als ob er sich um jeden Preis selber beweisen müsse, dass ihn niemand wirklich liebe. In seiner selbstbezogenen Art bestand Beno auf augenblicklichem Treffen zwecks unaufschiebbarer Aussprache über seine emotionalen Nöte. So traf ich meinen zweiten besten Freund gleich am nächsten Tag zum Vormittagskaffee. Seit einem Jahr versuche ich nun zu verwinden, dass Magdalena nicht mehr mit mir schläft, erklärte mir Beno ohne Umschweife. Und immer wenn ich meine, die Trennung akzeptieren zu können, stürze ich wieder in grausigste Verzweiflung. Ich könnte brüllen vor Schmerz darüber, dass sie mich so konsequent auf Abstand hält. Vor zwei Wochen hatte ich ihr angekündigt, sie in ihrer Stadt heimzusuchen. Vor meiner Ankunft belegte sie einen Kurs für Selbstfindung, der sie an allen dieser Abende unabkömmlich machte. Wenn ich sie in den Seminarpausen am Handy erreichte, war sie fröhlich und schien in ihrer neuen Selbständigkeit aufzublühen, während ich in einem zu teuren Hotel auf ein Stelldichein lauerte. Fünf Tage hielt sie mich hin, dann beorderte sie ihr

Ehemann in den familiären Haushalt zurück und drohte mit Vernachlässigung der Kinder. Dabei hatte Magdalena meine Einsamkeit wie niemand zuvor wahrgenommen. In einer Art visionärer Ekstase hatte sie der Abgrund meiner Einsamkeit angerührt. An dieser Stelle abgründigster Dramatik hatte Beno künstlerisch richtig eine Pause angesetzt. Noch nie, warf ich, Empathie heuchelnd, ein, ist das jemandem aus meinem Freundeskreis widerfahren. Gott sei Dank, dachte ich, Benos riesiger Kübel an Selbstmitleid war genug Zumutung, ein zweiter Kübel an maßloser Einsamkeit wäre nicht zu verkraften gewesen. Wobei ich meinem guten Freund insgeheim immer wieder Selbststilisierung unterstelle. Schließlich muss er sein Geld als Liedermacher verdienen und bedarf mancher An- und Erregung. Meiner liebsten Magdalena ist es widerfahren, dass wir ein Fleisch geworden waren, erklärte Beno, wie kann sie nun so grausam sein. Ach ja, die Geschichte mit der Einfleischwerdung war mir gerade nicht präsent gewesen, mit diesem Drama hatte mein Freund mich vor einem Jahr in die erotische Mystik entrückt. Es war die Hochzeit seiner Affäre gewesen, als Beno plötzlich billigste Schnulzen aus dem Regionalradio zu hören begonnen hatte. Wo immer man ihn antraf, rieselten Schlager aus den Lautsprecherboxen. Und Beno seufzte dazu: Alles Wahrheit, was hier von der großen Liebe erzählt wird. Auch in seine eigenen Songs hatten sich unerträgliche Klischees eingeschlichen, auf denen er aber starrsinnig wegen des angeblichen Wahrheitsgehaltes beharrte. Im Rahmen seiner aktuellen Vereinsamung hatte sich mein Freund Gott sei Dank wieder FM4 und Ö1 zugewandt und textete auch wieder respektable Lieder, die anderen Menschen weniger peinlich sind als sein damaliger Song Auf unserer Insel. Aber verstehst du, wie man einen Geliebten sitzen lassen kann, dessen tiefe Einsamkeit man empfunden hat, fing Beno wieder an, ist das nicht bodenlose Grausamkeit. Muss eine liebende Seele nicht gewaltig angerührt sein von dieser transzendenten

Empfindung existenzieller Verlassenheit. Beno hatte seine Pause wieder an der richtigen Stelle angesetzt. Ich verstand diese Frau aus einem anderen Grund nicht: Wäre ich Benos Geliebte gewesen, hätte ich ihn nach der Publikation des Schmalztiegels Auf unserer Insel, dessen intelligenteste Zeile am Schluss kommt, als der Verliebte in Erwägung zieht, nicht nur den ganzen Sommer dümmlich dahinzuschmachten, sondern auch schwimmen zu gehen, verlassen. Vielleicht hängt das augenblickliche Schlamassel ganz einfach mit Magdalenas Familienstand der Ehe zusammen, wagte ich wenig emphatisch anzumerken. Wenn sich die Liebe nicht zeigen, ausleben und entfalten kann, weil sie versteckt werden muss, bekommt sie missliche Nebentöne. Für einen Dichter siehst du die Welt ganz schön sachlich und analytisch, antwortete Beno enttäuscht. Aber vielleicht ist es ja so, dass man sich von einer Affäre, egal wie leidenschaftlich sie abläuft, nicht mehr als kurzzeitiges Liebesglück erhoffen darf, erklärte er in rasch wiedergefundener Melancholie, seinem Lieblingsfach. Mein Lieber, sagte ich schließlich und versuchte einfühlsam zu lächeln: Ich kenne kein Paar, das eine Außenbeziehung länger als ihr beide durchgehalten hat. Egal wie bezaubernd deine Magdalena ist, sie kann nicht etwas durchstehen, was keiner durchstehen kann. Wahrscheinlich war ihre Vernunftsanwandlung im allerletzten Moment vor der Katastrophe erfolgt: Denn während dreier Jahre nicht von den Ehepartnern aufgespürt worden zu sein, das ist ein biblisches Wunder und höher als die Vision von absoluter Einsamkeit einzustufen. Ein wenig verunsichert hatte Beno den Blick gehoben. Ich wusste, dass er meine Ironie bemerkte, aber auch wie sehr er an seiner Familie im Innersten hing. Obwohl ich gehofft hatte, durch einen Hinweis auf seine Familie von seiner neusten Ballade verschont zu bleiben, bestand er darauf, bevor er sich, ohne nach meinem Befinden zu fragen, verabschieden würde, mir noch einen seiner melancholischen Liedtexte um die Nase zu reiben.

Einzig du
Einzig du
hast meine Einsamkeit
sehen dürfen
die Abgrundtiefe
tief beschämende
und bist gegangen.

Als Beno fertig rezitiert hatte, schoss mir Reinhard Fricke in den Kopf. Auch wenn der Text ein melancholisches Liebesgedicht war, so war es doch quasi geschlechtslos und unerotisch. Innerlich stieg in mir Jubel auf. Hast du noch mehr solcher Gedichte, rief ich erfreut. Für eine Ballade ist diese Art Texte zu kurz, ich aber würde bis zum Wochenende fünf erotikfreie Gedichte beliebiger Länge benötigen, weil sonst mein schon zugesagter Lyrikband aus Frickes Verlagsprogramm eliminiert wird. Für eine Sekunde sah mich Beno an, als würden ihm meine bösen Scherze zu bunt, dann verstand er als sich ebenfalls mühender Kleinkünstler meine Realnot. Nimm, was du willst, erklärte er. Oder besuch mich, ich schreibe jeden Tag etwas Melancholisches, das mir meine Produktionsfirma nicht abnehmen will. Ich könnte viel mehr Konzerte absolvieren, wenn ich flottere Lieder komponieren würde. Und falls ich dieses melancholische Sammelsurium einmal zu einer Ballade zusammenfügen kann, ist dein Buch ja sowieso schon wieder vergessen. Ich lachte, als hätte er einen Witz gemacht. Beno blieb ernst, er meinte, was er sagte. Mein Treffen mit einem meiner zwei besten Freunde schien trotz ihrer Geringschätzung mir gegenüber Gewinn abzuwerfen.

    Lolli war mir zum wunderbaren Mühlteich vorausgewandert. Sie blätterte in einem Roman von Garcia Marquez, im übrigen hatte sie sich völlig entblättert. Starr mich nicht so gierig geil an, sagte sie, du könntest ruhig auch einmal an anderes denken als an Sex. Aber natürlich schaffst du das allein von deiner Geschlechtszugehörigkeit nicht, wie unzählige Gender-Studien leider belegen. Du irrst dich, meine Schöne, antwortete ich. Statt deinen schönen Leib zu vernaschen, muss ich nämlich noch rasch ein paar Texte durchsehen und die brauchbaren in meinen Laptop hinein tippen. Da hilft kein Rekeln und Strecken deinerseits. Übrigens sagt man, Frauen wären das einzige Wild, das ihrem Jäger auflauere. Ich nahm den Laptop aus meinem Rucksack, Lolli blickte einigermaßen erstaunt und etwas enttäuscht zu mir her. Fricke und ich überschätzen deine Erotomanie wohl immens. Darüber maße ich mir kein Urteil an, antwortete ich, aber du spürst richtig, dass mein Arbeitsvorhaben mit Fricke und seinem ehrgeizigen Verlag zu tun hat, ich stehe bei Fricke unter gewaltigem Zeitdruck. Er glaubt wirklich, man könne jeden Tag ein Gedicht schreiben. Hör, das könnte ihm gefallen. Nur mühsam konnte ich das poetische Gekritzel Benos entziffern, das er mir noch zugesteckt hatte: Nun habe ich genug von deinem Sex, aber schenk mir nur ein Wort, vielleicht schmerzt das weniger. Na ja, vielleicht ein wenig plump und inhaltslos, antwortete Lolli, aber wenn diesem Fricke Sexualfeindlichkeit das Wichtigste ist, dann passt das gut. Sie stand auf, kam näher, beugte sich zu mir und flüsterte: Lass uns doch vor deiner Arbeit eine Runde laufen gehen, hier an diesem Waldteich brauchen wir uns nicht einmal etwas überzuziehen. Spätestens in diesem Augenblick überfraute mich Lollis schöne Nacktheit, nicht nur ich erhob mich, um ihrem Vorschlag nachzukommen. Lolli musterte mich nachsichtig grinsend und lief los. Ich folgte ihr und ihrer schönen Rückseite. Sie hätte Tänzerin werden können, dachte ich, als sie sich vor mir in ihrer bezaubernden Faulichkeit bewegte.

An der nächsten Bucht wurden wir aus der Beschwingtheit unserer Sommerträume ohne Vorwarnung hinaus katapultiert. Fünf Containerwagen waren dort aufgefahren. Ein grün bekappter Mann rief, geschäftig auf und ab schreitend, Kommandos zum Einziehen der Fischernetze über das Gelände. Mir entfuhr ein Lächeln, das schmächtige Männchen werkte in seiner Uniform übertrieben gestikulierend herum, ein lächerlich großtuischer Polterer. Erst als wir etwas näher gerückt waren, entdeckte ich sein Schnauzbärtchen, was die Komik der Szenerie maximierte. Wir hatten uns im nächsten Buschwerk verborgen, waren aber unverzüglich von dem umsichtigen Wichtigmacher entdeckt. Was man denn hier mache, fragte der grün bekappte Fischermeister, noch dazu in unordentlichem Habitus. Wir mögen uns doch einen neuen Locus suchen, man möge doch Grund und Boden für die Laborantes freimachen. Ceterum sei es bedenklich, dass wir an einem Wochentag, ja, er wiederhole Wochentag und dementsprechend Dies laboris, so otisosi herumflanierten. Obwohl gegen körperliche Exercitatio nichts contradicendum sit, dürfe man doch dem Herrgott nicht den Tag stehlen, non Dominum et Deum einfach einen guten Mann sein lassen. Officium wäre doch, etwas zu schaffen in seinem Leben, den Erwerb eines allgemeinen Vermögens zu befördern. Kurioser Weise konnte ich mich bei diesem Sermon des Gefühls nicht erwehren, wir verhielten uns unangemessen, ich wurde verlegen. Zudem waren nun auch der Bürgermeister und der Pfarrer des nahen Dorfes an uns herangetreten und nickten eifrig zustimmend. Das grün bekappte Männchen schien hier nicht nur der Macher aller größeren Unternehmungen zu sein, sondern auch so etwas wie ein anerkannter Prediger für moralische Richtigkeit. Wir würden uns in jedem Fall bessern, antwortete Lolli, nachdem es mir die Rede verschlagen hatte, und zog mich weg, wobei wir unsere Nacktheit mit Armen und Händen abzudecken versuchten. Melius facere volumus, flüsterte ich noch, weil dem Grünbekappten das Lateinische bedeutsam zu sein schien.

Ob das Erlebte wahr gewesen wäre, fragte ich, als wir endlich hundert Meter entfernt waren. Peinlich, wie rasch man dich mit ein bisschen Kauderwelsch einschüchtern kann, bemerkte Lolli, ein für mich ganz neuer Zug an dir. Wenn du ältere Damen aufs Kreuz legen willst, machst du nämlich keinen unterwürfigen Eindruck. Hättest du mit dem irren Typen diskutieren wollen, erwiderte ich. Wir beherrschen ja nicht einmal sein lateinisch durchzogenes Deutsch. Nein, mein Schatz, ich will dieses Kauderwelsch auch nicht lernen, aber du warst plötzlich paralysiert wie ein Kaninchen vor der Schlange. Lolli sah mich unangenehm prüfend an, als würde sie auf der Stelle ein Psychogramm von mir erstellen wollen. Später werde ich dir etwas über meine Herkunftsfamilie erzählen, und wie du dir vorstellen kannst, wird die autoritäre Erziehung meines Vaters dabei nicht zu übergehen sein. Na gut, dann verschieben wir das auf übernächste Woche, lächelte Lolli und strich mir über das Haar. Bevor ich aber auf etwas komme, was wir nicht auf übernächste Woche verschieben können, muss ich dich beruhigen. Du brauchst dich nicht um die Karpfenweibchen im Teich zu sorgen, versicherte sie mir. In diese lichtflirrende Welt kann der grün bekappte Kommandeur nicht vordringen. Was sich in der Folge am Mühlteich abspielte, war ein erster größerer Fischgang vor dem herbstlichen Abfischen: Das große Abfischen würde wie jedes Jahr reichlich Gewinn bringen. Innerhalb von zwei Tagen wären die Container mit großen Bottichen bestückt, darin würden die Karpfen mit ihren Flossen um ihr Leben schlagen, vergeblich. So melancholisch einen dieses allumfassende Absterben des Abfischens machen könnte, so war es der Gang der Dinge. Ein paar hundert Meter weiter nahm mich Lolli an ihre schöne Brust. Der Boden war noch angenehm temperiert, dennoch kroch uns eine erste herbstliche Kühle bereits über die Haut, das Moos nahm uns weich auf und schmiegte sich schön an den Leib wie die Gestalt des geliebten Menschen. Nach unseren Orgasmen strichen wir uns liebevolle Sätze über die Haut. Nachdem ich kurz zur Seite gegangen war, animierte mich mein Wasser lassender Penis zu einem etwas abstrusen philosophischen Exkurs: Mein Penis symbolisiere die Polarität unserer irdischen Existenz in unglaublich deutlicher Weise, erklärte ich mit laut durch den Waldraum hallender Stimme. Ach, murmelte Lolli, brüll ruhig weiter, Löwe. Dieses Gerät sei nämlich zwischen Abfallröhre und Schöpfungspinsel angesiedelt. Brüll weiter, grinste Lolli grinsend über den Unsinn. Und genau von solchen Gedanken, wie sie sich in mir ausspännen, kämen wir Menschen nicht los: wir sind beglückt oder verdammt zu deuten und zu deuten. Ausschließlich im Ausdeuten von vermuteten Zeichen gewinnt das Leben Sinn, nur so bereitet es ausreichend Freude. Wir nehmen Bilder und Geschichten wahr, die uns das Sichtbare zu erzählen scheint. Und wenn es nur die irrwitzige Laune einer völlig absurden Existenz wäre, bliebe uns nichts übrig, als zu deuten, zu erzählen, Zusammenhänge herzustellen. Wie viel besser, wenn uns ein Engel das Poetische erschlossen hat. Und uns dadurch nicht zu moralisierenden und gewalttätigen Monstern verkommen lässt, ergänzte nun Lolli. Außerdem gefällst du mir als Prediger auf zwei Beinen besser, als so eingeschüchtert wir vorhin. Du wolltest sicher drei Beine sagen, du unanständiges älteres Mädchen, erwiderte ich, und Lolli holte zu einer Ohrfeige aus.

Wir waren im nächsten Gasthof auf der Rückkehr zum Thayahotel eingekehrt. Ein Regen hatte das Nordland überzogen. Die Männer draußen können ihre Arbeit jetzt nicht unterbrechen, bemerkte Lolli. Ich weiß das von meinem Vater, er war Forstmeister vor seiner Pensionierung. Wir könnten ihn morgen besuchen, wenn du willst. Der Wirt des Gasthauses Zum aufrechten Waldviertler machte einen nervösen Eindruck, sah immer wieder zur Tür hin, als würde er auf Besuch warten. Gehören Sie auch zum Verein Pugna pro Natione auf dem neuen Campus, fragte er, bemüht lächelnd. Endlich gibt es wieder wirtschaftliche Impulse hier in der Gegend, erzählte er ungefragt. Wenn es so weiter gegangen wäre wie letztes Jahr, wäre ich mit meiner Familie nach Wien übersiedelt. Die Wirtshäuser in den umliegenden Gemeinden haben längst kapituliert. Wir bestellten zwei der ortsüblichen knusprigen Schnitzel. Der Wirt ließ sich mangels anderer Gäste nicht abschütteln, gleich nach dem Servieren hatte er sich wieder an unseren Tisch gehockt. Der neue Verein habe einen ganzen Wald in der Nähe des Mühlteiches aufgekauft, erzählte er. Auf einem riesigen Areal habe man nicht nur auf dem Erdboden, sondern ebenso auf Höhe der Baumkronen Festungen errichtet, Campus heiße das Areal, auf dem zwar unter anderem paramilitärische Übungen abgehalten würden, aber auch der neuerliche wirtschaftliche Aufschwung des Landes angekurbelt werde. Endlich gebe es wieder Menschen, die sich auf den Wert der Heimat besännen. Das Land habe ja Tradition, und es sei doch eine Sünde gegen alles Edle, wenn man die zutiefst deutschen Landstriche den slawischen Invasoren überließe. Ja, in Form von Billigarbeitskräften würden diese nun ungehindert die Grenzen überrennen und die ursprünglich deutschen Gebiete okkupieren. Dieses Nordland nämlich sei einst von Norddeutschen besiedelt worden, eben diese hätten den Waldviertler Hochwald gerodet. Sind Sie Historiker, warf ich ein. Da lachte er, stand auf und kehrte mit einem dunkelgrünen Buch zurück. Das wäre im Land ein neuer Bestseller. Ich blickte auf den Buchumschlag, Heinrich Hirnbach war der Autor, betitelt war das Buch mit Pugna pro Natione. Germanoromanische Ideen zum Abwehrkampf gegen Invasoren aus dem Osten. Klingt fast wie Mein Kampf, ist aber hoffentlich vom Inhalt nicht ganz so idiotisch, brach ich in ein lautes Lachen aus, in das der Wirt nicht einstimmte. Vorurteile hätte ich gegen redliche Ideale, maßregelte er mich vielmehr, er hätte mich wohl falsch eingeschätzt, aber niemand würde dem Siegeszug der PPN Einhalt gebieten können. Dann fiel mein Blick auf das rückseitige Photo des Autors. Schau, sagte ich zu Lolli, wir haben schon die Ehre mit Herrn Hirnbach gehabt, es war der Polterer, der die Fischerei am Mühlteich kommandiert hatte. Wir gingen bald, um ins Hotel Thaya zurückzufahren, und ließen den endlich verstummten Wirt zurück.

Der Mühlteich war wieder verlassen, das Wasser spiegelte in gewohntem Gleichmut. Lolli ging mit mir über die Wiese am Ufer. Plötzlich blickte sie entsetzt auf das Display und packte meine Hand fester. Ich könnte ihn ermorden, sagte sie. Vielleicht muss ich ihn sogar einmal ermorden, fuhr sie fort, und ihre Stimme versackte in Bitternis. Du weißt ja nicht, wen aller er mit Waffen beliefert. Du weißt ja gar nicht, wer aller hier und dort aufrüstet. Und Alfons stattet alle mit Waffen aus, alle. Und kaum wo steht er mit seinem eigenen Namen gerade, nur dass über sogenannte Tochtergesellschaften all diese blutbeschmutzten Einkommen auf seinen Konten landen. Eben hat er mir mitgeteilt, dass er für Verhandlungen mit Pugna pro Natione aus Wien anreisen müsse und dass er heute Abend meine Begleitung wünsche. Mein Gott, nimm es nicht so tragisch, kommentierte ich. Wir alle sind ab einem gewissen Alter verheiratet und müssen dafür büßen. Sagt einer, der kein bisschen verheiratet ist, erwiderte Lolli beinahe verärgert. Na gut, mit einer Waffenhändlerin kann ich nicht aufwarten, aber ich war auch zehn Jahre verheiratet. Meine Ehefrau handelte nicht mit Waffen, aber war kaufsüchtig, was mir in den Jahren der Verliebtheit nicht aufgefallen war. Erst so im verflixten siebenten Jahr, als ich des Nachts auf die Toilette wollte und über einen unvermuteten Gegenstand gestürzt war, wurde mir die Brisanz meiner Lebensumstände bewusst. Meine Frau hatte beim Spätabend-Shopping eine Porzellangiraffe erstanden und an diese wohl auch ihr Herz verloren. Denn als ich mit geprellter Schulter und einem schweren Bluterguss auf dem Flurboden liegen geblieben war, warf sie sich aufschreiend über die Porzellanscherben, um deren Rekonvaleszenz mittels Allroundkleber, wovon sie gewiss drei verschiedene hortete, abzuschätzen. Als die Aussichtslosigkeit dieses Vorhabens geklärt war, begann sie mich wegen Unachtsamkeit unflätig zu beschimpfen. Dabei hatte ich mich wie fast jede Nacht nur durch den finsteren Flur zur Toilette tasten wollen, nicht ahnend, dass meine Frau nun auch noch den Flur mit im Grunde nutzlosen Gegenständen vollzustellen begann. Liebling, ich hör mir das später an, unterbrach mich Lolli, wir müssen ins Hotel zurück, in zwei Stunden muss ich frisch geduscht sein, um Schlimmeres als du in deiner Ehe zu ertragen. In der Nacht wird Mendor ehelichen Sex einfordern, ich könnte ihn nach dem Orgasmus ermorden, er liegt dann für fünf Minuten wie ein Scheintoter da, wirklich völlig ohne Regung, du kannst dir meine Abscheu nicht vorstellen. Na gut, dann erzähl ich dir später über meine geschiedene Frau, wenn du unbedingt über deinen Waffenhändler plaudern willst. Aber habe ich richtig verstanden, du kommst heute in diesen neuen Campus, das könnte auch für mich interessant sein. Du musst für uns eine Möglichkeit auskundschaften, dieses Gelände zu besichtigen. Ich würde gern überprüfen, ob sich hier rechtsradikale Strömungen ein Areal zum Machtgewinn aufbauen und wie gefährlich dieses Treiben einem Staat wie Österreich werden könnte, erklärte ich. Lolli sah mich nachdenklich an, dann spuckte sie es aus: Du willst darüber schreiben. Endlich hast du den Stoff, den Fricke von dir fordert und für den Rudi Hundinger dich preisen wird. Was Fricke angeht, hast du recht, erwiderte ich. Aber für Hundinger müsste ich mich blondieren und transsexualisieren oder einen intellektuellen Saufkumpanen mimen, um zu Ehren zu kommen. Was die anderen Autoren angeht, glaube ich, liest er die Bücher immer nur zur Hälfte, nur solange, bis ihm eine Gemeinheit zusätzlich zu dem üblichen Geschwafel eingefallen ist.

Der Mensch sitzt in einem weit über ihm aufgespannten Gewölbe und staunt bestenfalls. Oft genug vergisst er zu staunen, dann hetzt er wie irre durch ein auswegloses Labyrinth. Ungefähr das spielt sich nun innerhalb unseres aufgeblähten Wirtschaftssystems ab. Der Mensch meint durch höhere Einkommen Sicherheit zu gewinnen, inzwischen ist nachweisbar, dass sich die Ängste vergrößern. Staunt der Mensch aber, dann nimmt er dieses riesige Gewölbe über sich wahr, wenn er die Augen schließt, kann er dieses ihn Überspannende auch in sich spüren. Und ebenso wird er des Leuchtens dieses Gewölbes gewahr. Derartige Wahrnehmungen schenken Frieden, indem sie neue Dimensionen eröffnen. Ich wurde allerdings von dieser durchaus faszinierenden Bestandsaufnahme abgelenkt. Lolli räkelte sich ganz langsam in der durchsichtigen Duschkabine. Sorry, dachte ich, ganz unbefleckt werde ich meine Schöne dem Waffenhändler nicht überlassen. Ebenfalls nackt erhob ich mich vom Bett und öffnete die Schiebtür, küsste die Brüste meiner Schönen. Lolly seufzte, dann griff sie nach meiner Erregung. Ich lag bald wieder auf dem Bett, während Lolly noch einmal Duschgel auftrug, um keinen verräterischen Duft zu ihrem Waffenhändler mitzunehmen. Ich denke, er würde mich erschießen, wenn er einen Liebhaber riechen würde. Was Lolli mir da unterbreitete, war der blanke Horror, doch ich überhörte die grässlichen Prophezeiungen, weil ich bereits wieder zu dem kuriosen Gewölbe empor sah, das uns überspannt. Ich würde die leibliche Schönheit dieser Frau selbst dann bewundern, wenn ich nicht mit ihr schliefe, dachte ich. Und dieses zwecklose Hinschauen auf die Existenz von Schönem kommt aus einem nicht fasslichen Background auf uns. Die Durchsicht dorthin dem Menschen wie eine diffuse Ahnung gegenwärtig. Da läutete mein Handy, Beno meldete sich reichlich verzweifelt: Wie ein Feuer brenne der Schmerz über Magdalenas Verlust in seiner Brust. Wenn er mir nicht unverzüglich sein Leid klagen könne, würde er nicht an sich halten können und rückhaltlos zu brüllen beginnen. Die Aussicht, Beno wegen paranoiden Gebrülls in der Psychiatrie besuchen zu müssen, erschreckte mich aufs erste wenig, vielleicht sollte man ja ganz allgemein eine Abteilung für Liebesverrückte einrichten. Ich hatte leider keine Muße, meine Überlegungen fertig zu spinnen, Beno wartete hechelnd auf die Zusage, mir sein Herz ausschütten zu dürfen. Dabei war ich gerade auf dem Sprung zur Erkenntnis, dass wir vernunftbegabte Lebewesen sowieso nicht umhin können, Vorstellungen über unser Dasein und seinen Verlauf zu entwickeln und dass sich diese immer nur graduell, nicht grundsätzlich von pathologischer Paranoia unterscheiden.

Noch nie habe er so etwas erlebt, stürzte Beno gleich medias in res adversas. Nein, niemals hätte er sich auch nur träumen lassen, derartig Schmerzliches erleiden zu müssen. Wie ein Hund, dem man das Herz aus der Brust gerissen habe, leide er. Während mein Freund gehörig sein Pathos forcierte, begann ich für mich Möglichkeiten therapeutischer Interventionen abzuschätzen. Als Liedermacher war Beno beinahe so etwas wie ein Dichter, also könnte ich ihm vielleicht vorschlagen, wie der liebeskranke Goethe zu agieren. Dieser hatte einfach einen Bestseller aus seiner egomanischen Lottegeschichte fabriziert. Nachdem er allerdings damit zum weltbekannten Poeten avanciert war, hatte er sich kaum dazu überwinden können, die ehemals leidenschaftlich geliebte Lotte am Weimarer Hof zu empfangen. So sehr war er ihrer überdrüssig. Beno hatte inzwischen schon zum zehnten Male beteuert, niemals sich ausgemalt zu haben, jemals so etwas erleben zu müssen. Bevor nun mein Freund vielleicht erst nach drei Stunden wegen seines Jammerproömiums tatsächlich auf das fürchterliche Ereignis zu sprechen kommen würde, unterbrach ich ihn mit der nachdrücklichen Bitte, endlich auf den schrecklichen Kern des Geschehnisses zu sprechen zu kommen. Mit begleitenden Seufzern legte er daraufhin das unaussprechlich schmerzhafte Leidensgeschehen dar: Unter Freunden wären sie einander begegnet, er habe diesem Treffen so hoffnungsvoll entgegengefiebert, weil er ja seine Liebste bereits ein ganzes Jahr nicht mehr gesehen hätte. Dann sei er in den Raum des Wiedersehens eingetreten und wäre zunächst erfreut gewesen, weil ihm Magdalena einen Platz an ihrer Seite reserviert hatte. Doch dann habe er ihr in die Augen gesehen und wäre vor Entsetzen erstarrt. Magdalenas Augen wären leer gewesen, nicht ein Funken Begehren wäre auf ihn übergesprungen. Wie ein leeres Blatt Papier, wie eine taube Nuss oder ein kalter Stein hätten sie ausgesehen. Ich begann mich bei diesem Schwall literarisch sehr bedenklicher Vergleiche um die Karriere des Liedermachers Beno zu sorgen. Selbst als Dreijährige hätte Magdalena mehr erotische Schwingungen ausgesandt, eine Leere dieses Ausmaßes wäre ihm nie zuvor zugestoßen. Denn selbst als Kinder wären sie immer schon in einem Raum gegenseitiger Attraktion befangen gewesen. Nun aber sei jedes Fünkchen von Begehren völlig erloschen. Das Schlimmste daran: In ihm selber sei bei Magdalenas Anblick auch kein bisschen Begehren aufgesprungen, als wären sie beide in die Verdammnis eines vollkommenen Vakuums abgestürzt. Dabei habe ihm Magdalena einst so unverbrüchlich versichert, ihre Liebe werde ewig andauern, ein Ende ihrer innigsten Berührungen sei undenkbar und lediglich ein maskulines Hirngespinst. Und nun sei sie an seiner Seite gesessen und jede Faser ihres Leibes hätte ihn auf Abstand gehalten. Und er selber – während er allmählich zu einem Eisberg gefror – habe immer nur denken können: Auge in Auge, sogar Zunge an Zunge hätte die Frau ihm versprochen, diese Art von mystischer Vereinigung wäre bis in alle Ewigkeit unaufhebbar, auch wenn die Trauscheine sie anderen Partnern verbrieften. Genau Trauschein, warf ich interruptisch ein. Das schien mir das Stichwort, an Benos Vernunft zu appellieren. Du hast noch gar nicht erwähnt, dass euer beider Ehepartner am Tisch saßen, was das Ineinanderschmelzen außerehelich Liebender bereits im Keime blockiert haben könnte. Beno sah mich irritiert an. Bist du nun vom erotischen Schriftsteller zum Zyniker mutiert. Nein, keinesfalls, antwortete ich, ich wollte dich nur auf ein unbedeutendes Segmentchen deines flirrenden Liebekaleidoskops hinweisen. Beno war nun so verwirrt, dass er sich tatsächlich nach meinem Wohlbefinden erkundigte, was die letzten zehn Jahre nicht mehr geschehen war.

Lolli war wohl jetzt bereits bei Alfons Mendor untergehakt oder lächelte wohlwollend in die Gesichter verschiedener Lobbyisten. Ich rang um etwas Verständnis für dieses kuriose Lebensarrangement meiner Geliebten, ohne wirklich ihren Lebensdeal nachvollziehen zu können. Schließlich lief ich los, lief durch die Nacht, der Sommer war noch hoch und der Tanz über dem Erdboden noch möglich. Wie selbstverständlich hatte ich den Weg zum Mühlteich eingeschlagen. Keines Gedankens war es mir wert, dass ich eine Stunde durch die Nacht laufen würde. Von allem Lärm befreit, nur ins Gezirpe und Summen von Insekten oder ins Schreien der Nachtvögel getaucht, umhüllte sie mich wie eine Freundin. Als mir der Zauber dieser Nacht bewusst wurde, schwor ich mir, keine Zeile davon jemals einem Verleger, schon gar nicht einem Literaturkritiker vorzulegen. Ich sah Fricke explodieren, wenn ich ihm die Sommernacht als Freundin meines laufenden Leibes präsentieren würde, nur vom Zirpen der Grillen und dem zarten Sommerwind umfangen. Wie ich Sie kenne, haben Sie sicher eine Sauerei im Gepäck, würde er mich auf den rechten Pfad reinlichen Schreibens zurück beordern. Und Rudi Hundinger würde den letzten Lesern seiner Rezensionen vorschlagen, mich gleich zusammen mit meinen Machwerken in diesem konfus kuriosen Sommerteich zu versenken. So eine Sommerwind-Schreiberei sei tatsächlich nur einen Wind wert, allerdings einen, der einem beim Lesen auskomme. In meiner Jugend hatten mich öfters Hypochondrien gequält, wenn ich mich in einer besonders schönen Situation befand. In den letzten Jahren hatten sich meine zwanghaften Fixierungen gewandelt: Ich verfiel immer wieder in einen Grübelzwang darüber, wie Literarisierungen des Schönen in der Literaturszene aufgenommen würden. Ich kann nicht beurteilen, ob diese Fortentwicklung einer neurotischen Befindlichkeit als therapeutischer Fortschritt angesehen werden kann. Nachdem ich aber felsenfest entschlossen war, niemals vom Mühlteich zur Sommernacht zu schreiben, entledigte ich mich unschuldig wie ein Kind der Kleider und begann in den Teich zu waten. Die Welt polarisiert sich zusehends, dachte ich noch, auf der einen Seite der Welt die zunehmende Zahl der Verelendeten, auf der anderen Seite die hochgeschossenen Standards an Komfort und Genuss, die einer immer geringer werdenden Zahl von Finanz-Bürokraten vorbehalten sind. Und diese arrangieren sich wie die Herrscher aller Zeiten und Länder mit den Waffenlieferanten. Natürlich war Lollis Plichtabend mit Mendor inklusive ihrer ehelichen Pflichten daran schuld, dass ich nicht gänzlich in das Summen dieser Sommernacht versank. Langsam schritt ich in den Teich hinein, still und nur vom matten Mondlicht ein wenig erhellt, bot er sich mir dar. Und sein Wasserspiegel wusste nichts von dem Krieg, den ich zu ahnen begann, wenn die Nachrichten von den Hungernden am Horn von Afrika oder den Sandstürmen in Oregon berichteten. Der Teich breitete sich lediglich unter dem Himmelsgewölbe aus. Ich ließ mich vornüber fallen. Sogleich als ich die Augen unter dem Wasserspiegel öffnete, nahm ich wieder die Karpfenweibchen wahr. Sie winkten mir zu, ihnen zu folgen, ich schwamm ihrem Glitzern ohne irgendeine Angst nach, wir verloren uns in größere Tiefen. Das Ziel unseres Abtauchens war ein Ort, der von kräftiger, sehr rhythmischer Musik vibrierte. War es ein Wassergnom oder doch ein menschliches Wesen, das als dickbäuchiger Bassist die Tanzenden um den Verstand brachte. Dazwischen sprudelte ein langhaariger Wassermann auf einer Art Gitarre unglaublich flirrende Soli in den Raum und trieb die Zuhörenden damit in einen Rausch. Im Gleichklang wiegte sich oder erbebte die Schar der Tänzerinnen und Tänzer, bezaubert überließ ich mich diesen packenden Ton- und Rhythmusspiralen. Nirgendwo mehr konnte ich Karpfenweibchen entdecken, lachende Mädchen hatten mich in ihre Mitte genommen. Nur ihre wulstigen Lippen erinnerten an die vormaligen Karpfenmäuler. Ich weiß nicht, wie lange ich in diesem Unterwasser-Reigen gefangen war, plötzlich schob mich eine unbekannte und unsichtbare Gewalt hoch und drückte meinen Kopf wieder über die Wasseroberfläche. Das saß ich im halbhohen Wasser und war mir nicht sicher, ob ich nicht gerade dem Tod durch Ersticken entgangen war. Wie üblich bekam ich aus der schweigsamen Naturkulisse keine Erklärungen, aber mein Luftschnappen und Husten ließen mich vermuten, dass ich wirklich nur knapp dem Ertrinken entronnen war.

Als ich zum Ufer hinsah, entdeckte ich eine Person, die sich suchend umblickte. Bist du verrückt, mein Schatz, hörte ich Lolli rufen, ich habe dir doch untersagt, unbegleitet in die Welt der Karpfenweibchen abzutauchen. Du kennst doch diese Anderswelt unter dem Teichspiegel viel zu wenig. Teichspiegel klingt gut, dachte ich, und schon hatte ich wieder ein erotikfreies Gedicht, dieses Mal sogar von mir selber, zur Hand:

Heideland
Sobald jemand
ein Stück Waldboden
abhebt
steigt
aus moorigem Untergrund
Wasser empor
und bietet sich
dem Sonnenlicht
als Teichspiegel.

Hörst du mich, schrie Lolli inzwischen verzweifelt. Ja, antwortete ich rasch, keine Sorge, es geht mir gut, ich brauche nur meinen Notizblock. Du hast aber eben ausgesehen, als hättest du beinahe das Leben und vollkommen den Verstand verloren. Du bist so blass und blau, als wärest du zu lange abgetaucht. Inzwischen war mir tatsächlich kalt geworden, ich suchte meine Kleider zusammen und notierte schnell den Einfall für das neue Gedicht. Lolli tätschelte mich, noch immer besorgt, wir kauerten aneinander, allmählich beruhigte sie sich. Wunderst du dich gar nicht, dass ich schon wieder freigegeben bin. Alfons Mendor hat mir nach einigen intensiven Konsultationen mit Hirnbach, der übrigens indoor auch eine grüne Kappe trägt, mitgeteilt, er müsse noch heute nach Wien zurückkehren, zu viel Arbeit im Augenblick. Er werde mich aber auf dem Laufenden halten und in ein paar Tagen nach Wien beordern. Dann lass uns ins Hotel zurückkehren, ich glaube, ich habe mich bei meinem Tauchgang wirklich übernommen und muss erst einmal ausschlafen, antwortete ich erleichtert. Lolli half mir auf den Weg, dann rückte sie mit einer zweiten Überraschung heraus. Und weil du so neugierig bist und so dringend Romanstoff benötigst, habe ich dir eine Einladung für morgen besorgt: Da findet nämlich ein Vortrag eines dubiosen Geschlechterforschers namens Schultze Naumburg statt. Nur Parteimitglieder, die sogenannten Pugnatoren, und ausgewählte Gäste haben Zutritt, ich habe aber dir zuliebe Interesse für das Geschwafel Hirnbachs Ideen geheuchelt, ihn fest umgarnt und mir so für uns beide Zutritt verschafft. Lollis Eifer hatte eine neue Ausprägung, die in mir Unbehagen auslöste. Hast du ein neues Opfer für deine Mordgelüste gefunden, wollte ich scherzen, aber Lolli blieb ernst. Du glaubst noch, du kannst es dir komfortabel in der Welt einrichten, erklärte sie, ein bisschen Bücher schreiben, ein bisschen reisen und ein paar ältere und jüngere Mädchen vernaschen, mein Süßer. Lolli küsste mich zärtlich auf die Stirn. Aber du irrst dich, fuhr sie dann fort. So wie man es bei Hitler rechtzeitig zuwege bringen hätte müssen, muss man diesem Hirnbach und Mendor den Garaus machen. Ach ja, dachte ich, wir leben in einer polarisierten Welt. Solange wir die Augen ins Erdenlicht geöffnet halten, sehen wir dunkel und hell. Aber du bist weder Sheriff noch Rambo, lachte ich müde und versuchte aus Lolli ein Lachen heraus zu kitzeln. Ohne Erfolg: Eine Schusswaffe kann ich handhaben, sagte sie. Alfons Mendor wird noch bereuen, mich zu seinen Schießübungen mitgenommen zu haben. Meine Liebe sprach über ihren Ehemann wie über einen Fremden. Nein, wie über Ungeziefer.

Eine Stunde fuhren wir auf den kerzengeraden Straßen durch den mächtigen dunkelgrünen Hochwald. Dann standen wir vor der Villa, in der Forstmeister Grünstätten, Lollis Vater, mit seiner ihm ergebenen Frau residierte. Mein Lieber, erklärte sie mir, heute gibt es für dich Kontrastprogramm: Über meine Eltern hat nämlich noch nie jemand ein schlechtes Wörtchen verloren und sie selber haben noch nie über jemanden ein schlechtes Wörtchen verlautet. Unterstehe dich also, etwas aus deinem schrägen Witze-Kasten auszupacken. Als ich zu den wetterfest errichteten Mauern hinsah, überkam mich tatsächlich Ehrfurcht. Dieses Herrenhaus beherbergte seit dreihundert Jahren die Forstherren dieser Waldreviere, egal, ob sie nun Vogt oder Obermeier oder zuletzt einfach nur Forstmeister genannt worden waren. Wirklich rechtschaffen, entfuhr es mir. Lolli nahm mich bei der Hand: Du hast recht, sagte sie, und ich schäme mich beinahe, wenn ich vor die unglaubliche Redlichkeit meiner Eltern hintrete. Sie haben hier ihr Leben lang für das Weiterkommen der ansässigen Menschen und ihrer Kultur gearbeitet, und ich treibe als Faulenzerin durch die Welt und habe Affären, zu allem Überdruss sogar mit vagierenden Poeten. Merkst du nicht, dass du gerade meine lyrische Vertiefung zunichte machst, rügte ich Lolli, in mir hatte sich nämlich gerade ein Text über das redliche Leben im tiefen grünen Wald zu formen begonnen. Und kein Rehlein würde darin vögeln wollen, nicht einmal Felllecken würde die Aura reiner Waldeinsamkeit irritieren. Wenn du nun so unanständige Wörter wie Affäre gebrauchst, geht meine engelhafte Grüneinkehr in die Hose. Lolli lachte auf, und ich war froh, sie endlich wieder lachen zu hören. Mit einem munteren Handschlag bat mich der hoch gewachsene Herr Grünstätten in sein Wohnzimmer. Diese Straße, auf der ich gekommen sei, sei von ihrem Vater erbaut worden, erklärte mir Lolli, vor Stolz strahlend. Du übertreibst, lächelte der sympathische Herr, da haben ganz andere draußen schuften müssen, die Landvermesser, Straßenmeister und Waldarbeiter. Die wirklichen Helden sind nämlich die redlichen Leutchen, die hier rundum ihrem Tagwerk nachgehen und so für den Erhalt des hiesigen Kulturlandes sorgen. Aber zwei Jahre bist du über den Plänen gehockt, mein Lieber, widersprach seine Tochter. Sie ist so lieb, dabei ist sie eine Träumerin, und das mit Überzeugung. Wir haben gelernt, dieses ihr Wesen zu respektieren, obwohl wir einst die berechtigte Hoffnung hegen durften, unsere Lolita würde als Forstmeisterin in dieses traditionsreiche Haus einziehen, die Grünstättens haben hier zwei Jahrhunderte segensreich gewirkt. Zwei Jahre hatte unsere Lolita ja recht fleißig die lateinischen Namen der Pflänzchen und Tierchen gebüffelt, die Gute. Der alte Grünstätten lachte herzhaft. Einen Moment später aber senkten sich die Augen aller drei in stiller Übereinkunft zu Boden, so als wäre ihnen etwas Unangenehmes aufgestoßen. Alfons Mendor stand allen dreien als Makel ins Gesicht geschrieben. Ich hätte gerne Herrn Grünstätten gefragt, ob er schon jemals mit seinem Schwiegersohn ein Gespräch von Mann zu Mann geführt habe. Aber natürlich wäre diese Intimität ungehörig gewesen. So verlegten wir die Unterhaltung auf das Rehgehege hinter der Waldvilla. Ja, auch dieses Jahr würde man drei beim

Mähen verletzte Rehe pflegen. Auch dieses Mal würden sie prächtig gedeihen, die Frau des Forstmeisters verabreiche nämlich äußerst nahrhafte Milchfläschchen. Die Rehe würden zu getreuen Waldtieren aufwachsen und auch später die Villa des Forstmeisters heimsuchen, großäugig und lebenslang dankbar für die Lebensrettung. So unverfänglich das Thema angesichts eines Waffenhändlers im Hintergrund war, so wurde mir die Idylle trotzdem zunehmend zu dickflüssig. Ich blickte zu Lolli hinüber, sie verfolgte die immer breiter werdenden Alltagserzählungen ihrer Alten gerührt mit ungeheuchelter Anteilnahme. In mir wuchs dessen ungeachtet die Überzeugung, ein wenig Ironie würde der guten Forstmeisterstube gut tun. Nun gut, warf ich daher ein, wollen wir uns nicht jetzt alle an den Händen nehmen und die Langohren im Garten zärtlich streicheln. Die Blicke aller drei ruckten verständnislos zu mir hin, auch Lolli kam kein Grinsen aus. War kein guter Scherz, entschuldigte ich mich daher eilig, eine meiner Schwächen ist das Hervorbringen schlechter Witze, erklärte ich ergänzend. Sie können Lolli fragen, sie bricht immer nur bei jedem zehnten meiner Versuche in ein Lachen aus. Wie man sich vorstellen kann, stießen auch meine Beschwichtungs- und Entschuldigungsversuche auf blankes Unverständnis. Der alte Grünstätten berichtigte lediglich meine Ausdrucksweise, mit Langohr würde man doch keine Rehe, sondern nur Hasen bezeichnen, ein für ihn selbstverständlicher Akt der Volksbildung. Sie bräuchten sich nicht zu fürchten, startete ich einen neuen Beschwichtigungsversuch, ich würde keine Witze zum Thema Hasen zum Besten geben. Ich würde nicht verraten, dass man durch Heiraten einen Hasen zur Kuh machen könnte. Wir müssten nämlich leider wieder aufbrechen, allerdings löste ich damit erneut blanken Horror aus. Mutter Grünstätten schnellte in die Höhe und rief: Nein, nein, auf keinen Fall dürften wir gehen, sie hätte natürlich ein weidmännisches Abendmahl uns zu Ehren vorbereitet.

Leber vom Hirsch und Beuschel vom Reh, wir könnten wählen, aber keinesfalls dürften wir ungelabt davongehen. Unüberhörbar war, dass die Grünstättens das 19. Jahrhundert belletristisch abgeäst hatten: Stifter, Rosegger, Ganghofer usw. So kamen auch früher die Dorfschulmeister, von denen es heutzutage keine mehr gibt, zu ihrer gediegenen Sprache, wofür sie von den sogenannten einfachen Leuten bewundert wurden. Mein Problem war augenblicklich allerdings anderer Natur: Ich bin zwar kein Veganer und auch kein Vegetarier, aber Innereien von Tieren sind mir ein Gräuel. Irgendwie zauberte ich aber nach meinen vorherigen Fauxpas dennoch zwecks Wiedergutmachung ein erwartungsfrohes Lächeln mir ins Gesicht.

Im Hotel Thaya wurde ich schließlich von Lolli dafür belobigt, die Saucen mit Innereien ganz manierlich und mit einem Lächeln im Gesicht verzehrt zu haben. Auch die Verabschiedung hatte ich auf charmante Art bewältigt, mich sogar mit einem Handküsschen von der bezaubernden Gastgeberin verabschiedet. Zuerst aber hatte ich schon befürchtet, du wolltest die Idylle meiner Alten verspotten. Meine Liebe, antwortete ich und legte meinen Arm um ihre Schultern: Verzeih mir, ich dachte zwischendurch nur, ich müsste ein wenig für Spaß sorgen und die Runde zum Lachen bringen. Mein Schatz, hör mir gut zu, antwortete Lolli ungewohnt streng: Am sanften Wahnsinn meiner Eltern zu rühren, erlaube ich dir nicht. Dieser Wahn in der Forstmeister-Villa ist wie ein mildes Herbstlicht und muss vielleicht erst durch den Tod der beiden Alten zerbrechen. Meine Eltern kümmern sich wirklich lieb um ihre aufgesammelten Rehe. Ohne medizinische Hilfe und Fürsorge haben ja die von den Mähern verletzten Tiere kaum eine Überlebenschance. Wenn aber eines der gepflegten Tiere verendet, machen meine Eltern ihm ein ordentliches Grab mit einem vielleicht etwas zu aufwändigen Begräbnisritual, ergänzte sie. Manchmal überreden sie sogar den Dorfpfarrer anzurücken und einen Segen über das verstorbene Reh zu sprechen. Wenn du nicht mit deinen unpassenden Witzen quergeschlagen hättest, dann hätten sie dir sicherlich noch ihren Tierfriedhof hinter der Forstmeister-Villa gezeigt. Mit Blumen, die jeden Tag gegossen werden, mit Pflänzchen, die zu jeder Jahreszeit gehegt werden. Ich wagte für den Moment kein Grinsen, hoffte nur, Lolli würde von selbst bald innehalten. Da lächelte Lolli ein wenig und zwinkerte mir zu: Jetzt hör auf, dir das Lachen zu verkneifen. Ich weiß, dass meine Eltern sich etwas verrückt gebärden, sie lesen ja auch nur Stifter, Rosegger, Gottfried Keller und andere Romane aus dem neunzehnten Jahrhundert. Und sie haben sich restlos in dieses Ideal redlicher Kulturarbeit im Wald ergeben. Ich mag das Grün ihrer Gewänder und ihre Freude über das Sonnenlicht auf der Waldlichtung, und die Leute aus dem Dorf verehren sie wegen ihrer Großzügigkeit und Freundlichkeit wie Heilige. Aber lass uns heute nicht zu spät ins Bett gehen, wir haben morgen Abend Arbeit, wir sind ja zum Vortrag über die germanoromanische Frau geladen. Für uns eine Gelegenheit, die feindlichen Reihen und ihre Bewaffnung auszuspionieren. Liebe Lolli, entgegnete ich, und begann ihr das Nachthemdchen vom Leib zu nesteln, was willst du als altes schwaches Weib gegen paramilitärische Verbände ausrichten. Meine Liebe konterte augenblicklich mein Sticheln und zog sich ihr Hemdchen über den Kopf. Dir werde ich ein altes Weib geben, fauchte sie und berührte mich mit ihren zarten Brüsten, sodass mir sogleich Leib und Seele erschauderten. Lolli grinste: Schau, schau, was für ein schwaches Weiblein ich doch bin, neckte sie und begann sich zu bewegen. Ihre Augen verfolgten mit höchster Aufmerksamkeit jede meiner Regungen, bis sie mich endgültig in ihrer erotischen Gewalt hatte und ich schließlich in einen langen Orgasmus verfiel. Vom Schweiß meiner Erregung durchnässt lag ich an ihr, während sie mich prüfend von unten bis oben betrachtete. Das war jetzt nur Demonstration, erklärte sie, wärst du mein Feind, wäre eine winzig kleine Waffe nun dein Garaus gewesen. Welche Waffe denn, lachte ich. Lolli streckte ihren rechten Arm unter das Bett, holte ein Köfferchen hervor. Nach dem sekundenschnellen Öffnen blickten wir auf eine kleine Handfeuerwaffe mit Schalldämpfer. Ich kann diese kleine Wesson Smith samt einem schmalen Schalldämpfer in jeder meiner Handtaschen verstauen. Und die Haut von Heinrich Hirnbach wäre ebenso verletzlich wie deine und könnte einem Geschoß aus diesem glänzenden Stahl keinen Widerstand bieten. Einigermaßen sprachlos vor Schreck schüttelte ich den Kopf. Mir hat die erste Demonstration, die mit dem Hemdchen-Ausziehen, besser gefallen. Ich werde dich morgen, bevor wir zum Campus aufbrechen, leibesvisitieren, versuchte ich zu witzeln. Und wehe ich finde die Wesson irgendwo an dir.

Die Mitglieder des Vereines Pugna pro Natione, die Pugnatoren, trugen in der Regel Uniform: eine grüne Kappe mit Borte, an der Ehrenzeichen für Heldentum und Muttertum anzustecken waren, eine grüne Uniformjacke, dazu schwarze Hosen und schwarze Stiefel. Auf einer Schulterspange prangte jeweils der deutsche Adler, auf der anderen die kapitolinische Wölfin. Die Germanoromanen traten stramm auf, sodass jeder ihrer Schritte den Boden der Festungsanlage erschütterte, so wie sie eben auch das aktuelle Weltgebäude durch ihre rechtsideologische Revolution erschüttern wollten. Unter tosendem Applaus hatte Heinrich Hirnbach Platz genommen, gönnerhaft nach allen Seiten winkend. Der Hörsaal war vollständig besetzt, Professor Schultze Naumburg präsentierte sich bereits beim Auftritt durch streng gescheiteltes Haar und stechenden Blick als eingeschworener Gestriger. Rhetorisch gewandt warf er sich diretissima in die angekündigten Ausführungen über die deutsche Frau und ihr Geschlechtsleben. Das Thema wäre in einer Zeit überhandnehmender Überfremdung sehr bedeutsam. Man müsste der fremdländischen Okkupation Einhalt gebieten, und dafür würde eine moderne Rassenlehre das geistige Bollwerk bieten. Blass breithöfig und frisch rosig habe eine deutsche Brustwarze zu sein. Aber auch eine dunkelbraun romanische zeuge von edler Abstammung. Er wäre stolz, hier an einem Ort zu stehen, an dem jede der Zuhörerinnen über jeden Zweifel an ihrer arischen Herkunft erhaben sei. Das deutsch-romanische Schamhaar hingegen habe vorzugsweise braunbuschig wie die Haselnuss, blondbauschig wie der nordische Hüne selber oder glatt frisiert wie der Duce zu sein, fuhr der Professor enthusiastisch mit deftigen Details fort. Nicht wuchernd orientalisch, nicht negroid, nicht durch Rasur entartet und schon gar nicht jüdisch kraus. Weiters sei die Haltung der reinrassig germanoromanischen Frau beim Geschlechtsakt zu erörtern: Sie sei dienstbar, einfach dem deutsch-römischen Heldentum untertan, das die europäische Geschichte geprägt habe. Die neue Achse Deutschland Italien wäre bereit, gegen jedwede Entfremdung das eigene und auch andere Leben zu opfern. Eine der Zuhörerinnen war jetzt aufgesprungen: Ja, sie selber habe ihren Gatten schon des Öfteren um Züchtigung gebeten, wenn sich in ihr etwas Entartetes geregt hätte, aber er wäre zu zögerlich, deshalb würde sie nun den Professor um Statuierung eines Exempels ersuchen. Die Sprecherin war auf den Katheder zugetreten und begann sich ihrer Kleider zu entledigen. Ja, jubelte Schultze Naumburg, zieh dich aus, Germanoromanin. Froh, endlich Befehle zu empfangen, riss sich die Frau die restliche Bekleidung vom Leib und schrie: Deutsche Frau sowohl zur Züchtigung als auch zur Mutterschaft bereit. Die ganze Veranstaltung war innerhalb von Minuten in den reinen Wahnsinn gekippt, aber alle ließen beifällig diesen himmelschreienden Unsinn geschehen. Lass uns gehen, flüsterte ich Lolli zu, mir ist das zu krank, sie winkte entsetzt ab. Natürlich hatte sie recht, auf dem dramatischen Höhepunkt der Darbietung den Raum zu verlassen, hätte zu einem Eklat und vielleicht sogar zu unserer Arretierung geführt. Er werde sie heute nicht schlagen, hatte der inzwischen rotgesichtige Professor verlautet, er würde ihr nur befehlen, sich auf den Rücken zu legen, er wolle ihr den korrekten Takt der Bewegung beim reinrassigen Geschlechtsakt vorklopfen. Schultze Naumburg schwang einen Rohrstock, während die faschistoide Frau sich neben dem Katheder auf den Boden legte und die Beine leicht spreizte. Der Professor begann daraufhin einen Marsch zu klopfen und schrie: Kraftvoll stoßen, kräftig durchatmen, sportlich germanoromanisch agieren! Die Frau auf dem Boden bemühte sich dem beim Klopfen Schwitzenden zu Gefallen zu sein. Gymnastisch einwandfrei bewegte sie froh ihr Mutterbecken.

Die Frage nach der Moral führt zumeist direkt ins Verbrechen, schreibt der Dichter, der seine Heimatstadt verlassen hat, um der maroden Moral dort zu entkommen. Das auf dem Campus Erlebte war an Wahnwitz nicht mehr zu übertreffen. Nach dem Vortrag über die reinrassige Germanoromanin hatten wir am Ausgang noch Hirnbachs ideologische Grundsatzschrift ausgehändigt bekommen. Diese ließ uns im Hotel die Haare zu Berge stehen: Sowohl Germania wie auch Roma müssten sich auf ihre Grundwerte aus einer ruhmreichen Antike besinnen. Durch eine politische Achse Berlin-Rom, eine Reunio nova würde Europa zu neuer Magnitudo erstehen. Der Grund für die zunehmende Dekadentia der Welt wäre die zu liberale Educatio, war da unter anderem zu lesen, die sich seit den Sechzigerjahren wie eine Malignitas maxima breitgemacht habe. Man dürfte es ja außerhalb des Lagers noch nicht laut edicere, aber wenn Pueri et Puellae nicht im dritten Jahr gebrochen würden, fügten sich die Bälger niemals den festgelegten Virtutes aeternae. Die effektivste Methode der Fractio Liberorum wäre, sie mit Sexualhandlungen zu demütigen, das würde sie constanter gefügig machen und jeden dekadenten Individualismus im Keim ersticken.

Man könne diese Züchtigung et Pueris et Puellis anwenden. Der Erfolg sei deshalb so egregium, weil durch gewaltsame Intimitäten und die Additio von zärtlichen Worten die Adulescentes, die Überbringer einer neuen Moral, restlos gefügig und militärisch schlagkräftig würden. Die Restitutio der Welt zu strikten Idealen einer nationalen Moral würde niemals über Eigenständigkeit und Individualität erreicht werden können. Dazu wäre die Constitutio humana zu sehr triebgesteuert. Nur durch Severitate Servituteque wäre das Salus einer hochrassigen Res publica zu gewährleisten, der Einzelne nur Wert, wenn er sich dem Größerem mit Emotione und Ratione verschreibe. Lollis Gesicht war blass geworden. Im Grunde hatten wir genug an Horror aufgenommen, ohne den Rest dieses deutsch-lateinischen Kauderwelschs durchlesen zu müssen. Mein Schatz, sagte meine Liebe, ich denke, wir sind an dem Punkt, an dem so ein faules Wesen wie ich zum Tätigwerden verpflichtet ist. Oder hast du irgendwo im und am Campus eine Zugriffsmöglichkeit für männliche Attentäter entdecken können. An jedem Zugang sind Wachpugnatoren postiert. Deshalb kann zu Heinrich Hirnbach lediglich eine Frau mit weiblichen Schlichen vordringen.

Irgendwann am Morgen hatte Lollis Handy gesummt. Als ich die Augen aufschlug, war sie bereits angekleidet. Herr Mendor, mein angetrauter Gatte, hat mich nachdrücklich gebeten, heute mit Herrn Hirnbach wegen weiterer Verhandlungen nach Wien zu reisen. Ich werde in einer halben Stunde abgeholt. Wenn du also noch einen Kaffee mit mir trinken willst, dann spring auf und eile mit mir zum Frühstücksbuffet, sonst hast du heute bei Lolli verloren, du wirst mich erst morgen wieder umarmen können, erklärte sie unternehmungslustig. Beim Kaffee stellte ich die Vermutung an, Herrn Mendor würde unsere Liebesbeziehung zunehmend unerträglich, sodass er nun Arrangements treffe, um Lolli von mir abzuziehen. Lolli reagierte geistesabwesend, tatsächliche hätte sie schon Eifersuchtsszenen durchstehen müssen, doch dieses Mal käme die Entwicklung ihren Vorhaben entgegen, sie würde nämlich Heinrich Hirnbach nahe sein. Ich musterte Lolli und mir war gar nicht wohl, offensichtlich war sie ohne Aufschub zum Handeln entschlossen. Sie ließ sich aber nicht auf meine Bedenken ein und grinste frech. He, schau nicht so sorgenfaltig, witzelte sie, sonst findest du nach unserer Affäre keine Gespielin mehr. Wer will schon mit einem Knittermolch ins Bett. Nach dir will ich keine Geliebte mehr, beteuerte ich. Lolli schüttelte den Kopf: Ich glaube dir kein Wort, wenn du wieder einen Verleger findest, der Liebesgedichte publiziert, suchst du dir stante pede eine Gespielin, sonst startet dein Motor für die poetische Produktion nicht. Sie hielt für eine Sekunde inne, überlegte, ob sie nicht ein Quäntchen Wahrheit von sich gegeben hätte. Der Schalk in ihr setzte sich aber durch und sie legte nach: Und sollten mich Hirnbachs Schergen bei einem Attentat exekutieren, hast du noch besseren Stoff, traumhaft verwertbaren Romanstoff: Achtzig Prozent der Bestseller-Autoren sind Verfasser von Kriminalromanen, du könntest aus erster Hand und unglaublich authentisch schreiben. Fricke würde über den unvermeidlichen Bestseller jubeln, Terror ist derzeit ein gängiges Thema. Und unseren müden Sex auszublenden, ist kein Problem, da lohnen sich ja nicht einmal Andeutungen, warf ich ein. Nun trat mir Lolli gegen das Schienbein und wir beendeten die Konversation, halb lachend, halb bangend.

Schweren Herzens hatte ich Lolli ziehen lassen. Ich sah noch eine Weile auf den Thayastrom hinaus. Dann schrieb ich rasch ein nutzloses Gedicht in meinen Notizblock.

Tränen
Wenn wir weinen
weinen wir uns
die Haut nass

halt mich
sage ich
während du gehst
aber dort an der Lärche
hältst du und winkst
und lächelst und sagst
siehst du
ich komme ja nur
bis in Herzweite.

Immerhin gab es kein Stückchen Haut in diesem Gedicht, Fricke würde es unter Vorbehalt für den neuen Band akzeptieren. Beim Überschauen meiner literarischen Erfolge könnte man zu dem Ergebnis kommen, dass die Verfassung des Verliebtseins immer die unbrauchbarste für den kommerziellen Erfolg wäre. Den meisten Menschen ist der ganz normale Wahnsinn viel lieber als der Aufschwung der Liebessinne. Während meines Sinnierens überkam mich ein Geistesblitz. Mit meinen Verlagen und Verlegern bewegte ich mich länger schon auf anachronistischem Terrain. Ich würde Beno bitten, den Text mit etwas Musik zu unterlegen und auf Youtube zu stellen.
Als die Sorge um meine Liebste wieder aufkeimte, hastete ich zurück in unser Zimmer, um Lollis Waffenarsenal zu inspizieren. Das Köfferchen unter dem Bett fand ich unverrückt vor, vielleicht würde mir die Realisierung von Lollis verrücktem Attentatsplan erspart bleiben. Rasch tippte ich meinen neuen Lyriktext Tränen in den Laptop und schickte ihn an Beno mit der Einladung, ihn mit Musik und Bildern zu versetzen und auf Youtube zu stellen. Danach entschied ich mich, eine Runde um den Mühlteich zu machen, auf dem Weg dorthin wollte ich im Gasthof Zum aufrechten Waldviertler eine Karpfenpause einlegen, vorzugsweise Karpfen in Mohnkruste. Tatsächlich würde mich eine kulinarische Großartigkeit erwarten, die aber vom Gang der Ereignisse übertroffen würde. Ich

hatte eben meine Bestellung aufgegeben, als eine katastrophale Medienmeldung alle im Gastraum entsetzte. In Oslo habe es einen Terroranschlag auf die Regierungsgebäude gegeben, doch nicht in Norwegen, dachte jeder, während Bilder halb zerstörter Häuser aus dem Fernsehgerät ins Nachmittagslicht des Gasthauses eindrangen. Keiner konnte fassen, dass im friedensgewohnten Skandinavien so Schreckliches Einzug gehalten hatte. Sieben Tote würden bisher gezählt, man hätte Glück im Unglück gehabt, weil die meisten Mitarbeiter bereits in den Feierabend abgefahren wären. Auch der Wirt war von den Aktualitäten so okkupiert, dass er jede Bestellung zweimal nachfragen musste. Sehen Sie nun, erklärte er aufgeregt, die Islamisten haben wieder zugeschlagen, wenn sich Europa konsequenter vor diesen gewalttätigen und minderrassigen Fremden schützen würde, wäre so etwas nicht geschehen. Ich hätte beinahe genickt, denn unwillkürlich neigte ich zur Abneigung gegenüber einem stumpfen, konservativen Islamismus. Meine Abneigung rührte daher, dass Europa die dumpfe Version von Religion in Form eines obrigkeitshörigen und ausgrenzenden Katholizismus überwunden zu haben schien, sah man von der starrsinnigen Führungsschicht in Rom ab, nun aber durch schlecht gebildete und daher an lokale Traditionen gebundene Muslime wieder eine mittelalterliche Form von Religionsübung nach Europa eingeschwemmt wurde. Ich nickte nicht, denn natürlich zitierte der Wirt Hirnbachs Werk vom nationalen Befreiungsschlag gegen minderwertige Rassen. So merkte ich lakonisch an, der islamistische Hintergrund wäre lediglich eine Vermutung der Behörden. Die norwegische Polizei hätte aber weder Ergebnisse noch Hinweise auf die Attentäter. Man könne doch nicht so verstockt sein, schrie der Wirt auf. Wenn einem die Fakten so augenscheinlich vorgesetzt würden, könnte man doch nicht leugnen, dass die Bedrohung durch Islamisten Tatsache wäre. Und wenn das getroffene Land heute Norwegen wäre, wäre das nur Zufall, ebenso könnte das Waldviertel heute in den Schlagzeilen sein. Er hätte das Wort „Vermutung" überhört, wiederholte ich ungerührt, aber vielleicht ließe zu viel Hirnbach-Lektüre das Hirn den Bach hinunter gehen. Nun reiche es aber, brüllte der Wirt, da unterbrach uns die Seviererin mit meinem duftenden Karpfen und hinderte den erregten Wirt, mich des Lokals zu verweisen. Seine Reaktion war exakt nach rechtsideologischem Muster verlaufen: Dort, wo das Argument abreißt, wird es durch Brutalität ersetzt. Gott sei Dank verdränge ich angesichts eines knusprig gebackenen Karpfens recht rasch alles Bedrohliche und sogar Brutale. Mit dieser Charaktereigenschaft habe ich bisher nicht nur alle Geliebten, sondern auch meine einzige Ehefrau verblüffen können. An jenem Abend nämlich, als sie mir die Scheidung antragen wollte, weil sie nun endgültig genug von meiner Arroganz gegenüber ihren Porzellanfiguren hätte, war ich bereits mit der Speisekarte beschäftigt. Meine Exfrau konnte keinen bedauernden Blick auf die notdürftig zusammengeklebte Figur werfen, weil wir uns für dieses gewichtige Abschlussgespräch in einem besseren Restaurant zusammengesetzt hatten. Ich aber bestand darauf, vor jeder Diskussion zuerst zu bestellen. Bis die Mahlzeit aufgetragen würde, würde nämlich noch gehörig Zeit, die wir mit Reden füllen könnten, verstreichen. Einige Giftpfeile aus den Augen meiner Exfrau durchbohrten mich: So bist du, genau so ignorant: Wenn ich ein wichtiges Thema anschneide, denkst du nur ans Essen. Ich sollte nicht versuchen, sie von ihrem Entschluss einer endgültigen Trennung abzubringen. Diese zehn Jahre hätten eindeutig erwiesen, wie wenige Gemeinsamkeiten wir hätten, und es würde mit jedem Jahr schwieriger. Was meine Exfrau von sich gab, war nicht nur klar verständlich, sondern zum damaligen Zeitpunkt bereits geklärt, also banal. Sie hätte einfach einen Terminvorschlag machen oder die Trennungsmodalitäten klären sollen, stattdessen begann sie noch einmal das Ableben der unseligen Porzellangiraffe zu bejammern. Nichts lag mir ferner, als unsere Ehe noch fortführen zu wollen. Also versicherte ich, dass ich einer Scheidung mit Freude zustimmen und auch bei der Vermögensteilung ihre Ansprüche respektieren und unterzeichnen würde. Eigenartiger Weise rettete diese Klarstellung keinesfalls den Abend, trotz der ausgezeichneten Steaks blieb die Stimmung meiner Exfrau auf dem Tiefpunkt. So sehr auf dem Boden wie die Porzellanbrösel einer gekippten Porzellangiraffe.

Gerade hatte ich den letzten Bissen des exzellenten Karpfens verspeist, da überfluteten neue Schreckensmeldungen die Bildschirme Europas. Ein Attentäter hätte auf einer norwegischen Insel 77 Jugendliche hingerichtet. Innerhalb kurzer Zeit stellte sich heraus, dass der Mann sein irres Tun mit rechtsideologischem Gefasel zu begründen versuchte. Im Grunde ging es ihm aber wie allen Irren nur darum, ins Rampenlicht der ganzen Welt gestellt zu sein, ob Monster oder Heiliger ist bei pathologischem Narzissmus irrelevant. Der Wirt servierte ab, fragte, ob ich ein Dessert wünsche, unsere Auseinandersetzung von vorhin schien er vergessen zu haben und behandelte mich ebenso freundlich wie jeden anderen Gast. Beide aber hingen wir mit Augen und Ohren am Fensehgerät und den nach und nach aufkommenden Grässlichkeiten über den Attentäter Breivik. Der Wirt, inzwischen hatte ich herausgefunden, dass ihn seine Gäste und Kumpane Schorsch nannten, versuchte klarzustellen, dass seine rechtslastigen Ambitionen nichts mit so einem Irren gemein hätten. Ein geistig noch beschränkteres Nazisubjekt in der Gaststube entblödete sich aber nicht der Bemerkung, inhaltlich habe der Attentäter ja Recht, die Muslime würden tatsächlich eine Eroberung Europas planen. Wahrscheinlich hatte er solche Hirngespinste einem Comic der Strache-Partei entnommen. Natürlich dürfe man im Geiste der gerechten Sache nicht sozialistische Jugendliche in großem Stil exekutieren, es würde reichen, wenn man die Sozialisten prügelte. Er lachte laut und hämisch, wurde aber mit seinem zynisch dummen Geschwätz allein gelassen. Allen übrigen war das Lachen erstorben. Zu dumm, wenn hinter der Maske einer angeblich gutmeinenden Ausgrenzung mit einem Mal das Verbrechergesicht dieser Politik unverstellt aufblitzt. Die Rechten würden sich hinter dummen Beteuerungen ihrer Harmlosigkeit für die nächsten Wochen verschanzen, auch der boomende Markt von Ego-Shootern würde für einige Zeit nur leise auftreten. Vielleicht würden sogar einige Jugendliche für einige Zeit weniger World of Warkraft spielen, aber diese Katastrophe würde nicht ausreichen, um die aktuellen bedenklichen Tendenzen in Bann zu halten. Noch einmal sandte ich ein Dankesgebet zum Himmel darüber, dass Lolli ohne Waffe ausgerückt war. Ihre Entschlossenheit hatte in mir keine geringe Bangigkeit ausgelöst. Ich hatte eben an Lolli gedacht, da strich mir ihre Hand durchs Haar. Meine erste Vermutung war richtig, erklärte sie grinsend. Humbert, der gefräßige Bär, sitzt natürlich im Wirtshaus bei einem Karpfen. Mach keine Sorgenfalten, mein Fressbär, setzte sie liebevoll fort, ich bin nicht so irre wie dieser Breivik. Wenn ich die Welt von diesem Hirnbach schützen will, werde ich ihn höchstpersönlich vernichten. Stell dir vor, er hat mich für morgen noch einmal in seine Residenz eingeladen, so starke und erfahrene Frauen wie mich würde die neue Bewegung brauchen. Er traue sich zu, auch mich zu gewinnen, in zwei Jahren würde er zumindest Bundeskanzler sein, hat er verlautet. Siehst du nicht, was los ist, das erste Mal in meinem Leben habe ich das Gefühl, im richtigen Augenblick am richtigen Ort zu sein. Stell dir vor, wir landen in zwei Jahren wieder dort, wo wir in den dreißiger Jahren waren und finden wiederum keine besseren Optionen als damals. Mein Beitrag wird bescheiden, aber wichtig sein. Mein Verdienst wird es sein, dass es weder einen Führer noch einen Duce namens Hirnbach geben wird. Meine

Liebe, antwortete ich, mein Verdienst wird es sein, dass du keine Waffe zur Hand haben wirst, denn was du dir da an Aufgaben zusammenreimst, ist nichts als Selbsttötung.

Wie zuvor würden wir bis in die Nacht aneinander bleiben. Und dennoch würden wir in dieser sichtbaren Welt nicht zusammenbleiben können. Lolli schob so melancholisch wie ich ihre Hand zwischen uns. Siehst du, diese Handbreit und mehr Distanz wird bald wieder zwischen uns stehen. Vielleicht hält der Zauber drei Jahre lang an, länger kann das Wunder des Eins-Seins nicht andauern. Und glaub mir, auch wenn du es dir jetzt nicht vorstellen kannst, du wirst enttäuscht sein. Und mit der Zeit werden wir übereinander die gleichen Geschichten erzählen, wie wir sie jetzt über unsere Ehe- oder Exehepartner erzählen. Bevor wir in einen tieferen Strom an Traurigkeit abdrifteten, bat mich Lolli, zur Aufheiterung eine Geschichte über meine Exfrau zum Besten zu geben. In diesen zehn Jahren unserer Ehe waren wir oft auf Reisen, begann ich. Während ich in den Städten recht rasch die Kirchen und Erotikklubs auskundschaftete, war sie eine Meisterin im Auffinden von Märkten. So hatte sie z.B. in Rom vergessen, ob sie schon einmal im Kolosseum oder in der Laterankirche gewesen war, aber sie wusste genau, dass sich hinter der Laterankirche ein Mercato für Textilwaren befand. Stand sie einmal am Kirchenportal, fand sie ganz selbstverständlich zu dem 500 Meter entfernten Markt und brachte von dort auch durchwegs Preiswertes zurück. Natürlich war ihr bewusst, dass diese Waren Billigprodukte waren, dennoch waren die Dinge einigermaßen Schmuck. Ihr Sinn fürs Kommerzielle war sehr ausgeprägt, in Wien hätte man ihr die Augen verbinden können, und sie hätte mit verbundenen Augen von allen Punkten der Stadt aus den Naschmarkt oder die Mariahilfer Straße mit ihren Großkaufhäusern orten können, den Stephansdom aber hätte sie vermutlich verfehlt, selbst wenn sie am Stephansplatz aus der U3 gekommen wäre. Denn von diesem

U-Bahn-Ausgang hätten sie die Verlockungen der Graben-Geschäfte abgetrieben, weg von dem hochragenden gotischen Turm. Wie hast du so lang an ihrer Seite durchgehalten, fragte mich Lolli grotesker Weise, sie, die schon Jahrzehnte an der Seite eines Waffenhändlers durchgehalten hatte. Ich fand sie lustig, antwortete ich, als Kind war ich auch gerne auf Märkten unterwegs. Einmal hat sie am Strand von Bibione zehn Bikinihosen anprobiert. In ihrem Eifer, auf jeden Fall das schönste Kleidungsstück zu ergattern, war sie schon einigermaßen gestresst und erhitzt. Noch dazu fiel es ihr gar nicht mehr so leicht, Mediumgrößen über ihre etwas breiteren Schenkel hinauf zu ziehen. So kam sie beim zehnten Bikinihöschen ins Wanken und krachte in den Sand des Adriastrandes. Während sie erschrocken aufkreischte, konnte ich mich eines lauten und andauernden Lachens nicht mehr enthalten. Es war also wirklich unterhaltsam, und ich mochte sie auch in ihrer mir so naiven, zielstrebigen Art. Hätte mir die Porzellan-Giraffe auf unserem Flur nicht den Rest gegeben, wäre ich vielleicht nicht in diese Sozialruine mit älteren Geliebten abgestürzt. Lolli puffte mich wegen meiner Frechheit in die Seite. Meine Behauptung war ein wenig gemogelt, gab ich zu, schon zuvor hatten mich Beschwerlichkeiten unserer Reisen dazu gebracht, eine Trennung zu erwägen. Damit meine ich, gestand ich Lolli, die Stunden, in denen mich meine Exfrau in Provinzcafés abgesetzt hatte, während sie ihre Einkaufstour durch Märkte und Großkaufhäuser absolvierte. Wenn sie nämlich nach ein, zwei oder drei Stunden wieder auftauchte, schleppte sie Säcke mit völlig überflüssigen Gegenständen an, wobei sie enthusiastisch versicherte, man würde diese Waren anderenorts lediglich um ein Vielfaches teurer erstehen können. Während sie solche Tatbestände mit großem Nachdruck erläuterte, belud sie mich mit ihren neuen Errungenschaften. Zuerst wurde mein Rucksack, den ich ständig bereithalten musste, aufgefüllt, dann behängte sie mich an den beiden

Körperseiten mit Riementaschen, schließlich an der Vorderseite mit einem prall gefüllten Beutel. Natürlich wurden Gegenargumente, es sei etwa in Rom oder Barcelona zu heiß, so riesige Lasten durch die Stadt zu schleppen, mit einem hämischen Zweifel an meiner Manneskraft und dem sensationellen Schnäppchenwert außer Kraft gesetzt. Wahrscheinlich hat dich deine Exfrau in den Nachtstunden für deine aufopferungsvollen Dienste entsprechend lustvoll entschädigt, warf Lolli ein. Das wäre eine andere Geschichte, brach ich mein Erzählen ab, denn Lolli hatte unter dem Himmel dieser Sommernacht begonnen, mir das Glied zu streicheln. Sie würde sich in den nächsten Augenblicken in eine sinnenfrohe Liebhaberin verwandeln, die den zauberhaften Weibchen unter dem Teichspiegel des Mühlteiches um nichts nachstand. Am meisten verwunderte mich Lollis Erregbarkeit, eine Erregbarkeit, die man vielleicht nur entwickelt, wenn man der Dingwelt und ihren Bestrebungen abhanden gekommen ist.

Im Hotel Thaya ließen wir noch einige Zeit die verschiedensten Nachrichten durch das Zimmer flattern. Der Massenmörder in Norwegen hatte es vorgezogen zu überleben. Er wollte miterleben, wie ihn die Weltöffentlichkeit als sensationelles Monster beäugte. Andererseits brach eine politische Diskussion los, die kaum im Sinne des fremdenfeindlichen, irren Attentäters verlief. Seine Tat stellte ungeprüfte Islamfeindlichkeit als Vorverurteilung bloß, jede Angst vor islamistischem Terror würde in nächster Zeit als Vorurteil diskriminiert sein. Stattdessen gerieten alle rechtslastigen Bewegungen in den Geruch des Terrorismus. Als wir wegzappten, entdeckten wir auf einem der digitalen Kanäle einen österreichischen Kirchensender unter Vorarlberger Patronanz. Der Prediger, offensichtlich ein Bischof aus dem äußersten Westen Österreichs, sprach groben alemannischen Akzent, so war es nicht leicht, seine Darlegungen zu verstehen. Weil er sich aber so drollig gebärdete, verblieben wir bei dem Amüsement versprechenden Schauspiel. Rasch war klar, dass Breivik kein Thema für den Vorarlberger Kirchensender war, vermutlich ging es nebenher darum zu vertuschen, dass der Attentäter einem christlichen Fundamentalismus gehuldigt hatte. Auf diesem Sender wurde ebenso deutlich, was überall, sieht man von Polen, der Slowakei und Bayern ab, sich abzuzeichnen begann: die katholische Kirche als Verein, der sich in rasanter Auflösung befindet. Zwar wurden in den österreichischen Lokalsendern noch sonntäglich Messen und Mittagsglocken abgespielt, dies aber nur aus Brauchtumsgründen, so wie man den Kindern Sagen über Hexen und Berggeister erzählt, obwohl niemand mehr Realitäten damit verbindet. Die Texte der Kirche hatten im Verlauf der letzten beiden Jahrhunderte ganz natürlich ihre Verständlichkeit verloren, ständig wurde man damit konfrontiert, dass einem ein göttlicher Patriarch vergeben solle und dass die eigenen Opfer Wohlgefallen finden mögen. Über das antike oder mittelalterliche Gehabe schüttelten nur ganz eingeschworene Fundamentalisten, und dazu gehörte unglücklicher Weise die katholische Führungsschicht, nicht den Kopf. Zudem hatte sich herausgestellt, dass die moralischen Ansprüche, die an das Kirchenvolk gestellt wurden, lediglich dem Gefügigmachen der Anbefohlenen dienten und von den Predigern für sich selber nicht als verbindlich angesehen wurden. Allerorts waren Geschichten sexuellen Missbrauchs durch den oberen Klerus aufgetaucht. Dieser unverständlich vor sich hin brabbelnde Vorarlberger Kirchenfürst lieferte in seiner Person ein gutes Exempel, warum der katholische Verein sich in so radikaler Auflösung befand, er verweigerte jede Aktualität. Gerade weil die Ignoranz gegenüber den aktuellen Geschehnissen so unfassbar schien, bemühten wir uns, seinen Ausführungen zumindest das Thema zu entnehmen. Der Wahnsinn hatte System: Der lächerliche Bischof erklärte, Papst Pius habe eine Enzyklika über die unbefleckte Empfängnis herausgegeben. Diese sei die

Voraussetzung dafür, dass Jesus zugleich Mensch und Gott sei. Die Argumentation mündete darin, dass ein durch Geschlechtsverkehr gezeugter Jesus kein Gott mehr sein könne. Wenn man weiß, dass Papst Pius während der Nazizeit äußerst diplomatische Positionen gegenüber dem Morden Hitlers eingenommen hatte, erschienen seine Verdrängung brisanter Realitäten noch verfehlter. Lolli und ich saßen im Bett und schüttelten den Kopf. Der Wahnsinn hat System, egal aus welchem Eck und mit welcher Verrücktheit er auf uns einstürtzt.

Den nächsten Tag verbrachten wir zu einem Drittel im Bett, zu einem Drittel vor Computer und Zeitungen und zu einem Drittel spazierend im Wald. Berauschender als sonst umarmt mich heuer dieser duftende Sommerwald, erklärte mir die Liebste. Entweder bist du daran schuld oder dieser Hirnbach. Danke für das Kompliment, antwortete ich. Mich mit einem Rechtsradikalen gleich zu stellen, hat bisher noch niemand gewagt. Ich rempelte Lolli mit einem Hüftschwung, sodass sie ein Stückchen weggeschubst wurde und beinahe zu Fall kam. Als sich meine Liebe zu revanchieren versuchte, schubste ich sie von neuem, dieses Mal entkam sie nur ganz knapp dem Sturz. Lolli gab auf und versuchte ihr Glück in der Flucht, mit Vergnügen nahm ich die Verfolgung auf. Ich wartete eine schön bemooste Lichtung ab und brachte sie dort zu Fall. Wildes Waldtier, flüsterte Lolli und öffnete mir Hose und Hemd. Tief atmeten wir uns in das Licht dieser Welt. Ihre Haut war weiß und blühte wie die eines Mädchens. Wo nimmst du deine Jugend her, fragte ich, im Atem unserer Vereinigung befangen. Kaum waren an ihrem beinahe sechzigjährigen Leib Fältchen auszumachen. Du musst nur einen Waffenhändler ehelichen, log sie und grinste und erlaubte mir weder nach ihrem genauen Alter zu fragen noch Sentimentalitäten aufkommen zu lassen. Schließlich blickte sie auf die Uhr und erinnerte an ihre Verpflichtungen. Ich nahm ihr das Versprechen ab, zumindest heute keinen Unsinn zu machen, mehr Beruhigung gestand sie mir nicht zu. Während sich Lolli auf den Campus fortbegab, beschloss ich, nach einem ausgiebigen Schläfchen mir im Gasthaus Zum aufrechten Waldviertler die Zeit zu vertreiben, neueste Nachrichten aufzusammeln. Der Wirt gab sich überrascht. Ich kehre lediglich wegen des Karpfens in Mohnkruste immer wieder bei Ihnen ein, erklärte ich und versuchte dem zwielichtigen Wirten ein kurioses Grinsen entgegenzuhalten. Wünscht der Herr ein Zwettler oder ein Schremser, wir servieren allerdings nur nordösterreichische Biere, antwortete er. Dieses Mal ein Schremser, Herr Schorsch, sagte ich und versuchte durch die schroffe Bestellung eine weitere Konversation abzublocken. Der Wirt aber beugte sich greinend zu mir herab und zischte mir, jede Distanz zwischen uns atomisierend, zu: Du machst mir nichts vor, ich spüre, wie sehr du mit uns sympathisierst. In deinem Kopf funken zwar noch die liberalen Thesen aus deiner Gymnasialzeit herum, aber im Grunde weißt du, dass es Zeit für einen Befreiungsschlag ist. Er hätte Beweismaterial, setzte er ungefragt seinen Sermon fort und eilte davon, um sich zwei Minuten später mit einer Mappe von Dokumenten vor mir aufzubauen. Mir blieb nichts übrig, als die zwanzig Minuten bis zum Auftischen des knusprigen Karpfens die Ausführungen von Schorsch zu erdulden. Umso mehr frappierten mich die Photographien und Skizzen, die mir der Wirt unter die Nase schob, sie waren tatsächlich bemerkenswert: Am Stadtrand von Gmünd sah man ein kleines Minarett, das dort inmitten eines muslimischen Ghettos emporgewachsen war. Das Skandalöse daran wäre, erklärte Schorsch, keinerlei Proteste seitens der Ansässigen hätten stattgefunden. Die jüngere Generation hätte nämlich den Norden Österreichs als zukunftsorientierten Lebensraum mit entsprechender Wirtschaftsstruktur seit zwei Jahrzehnten abgeschrieben. Tschechen, Slowaken, aber auch Türken würden nun einrücken, ja, er sage ganz absichtlich einrücken, weil diese Bewegung in ihrer Intention eine militärische sei, gleichsam eine Okkupation. Er rede angelesenen Unsinn, versuchte ich zu entgegnen, da griff der Mann mich am Oberarm und brüllte, er müsse wegen meiner Unbelehrbarkeit zu einer drastischeren Beweisführung greifen: Er zog zwei Bögen aus dem hinteren Bereich seiner Mappe hervor. Ohne Worte breitete er vor mir ein Bildmaterial aus, das noch absurder als das vorige war. Natürlich ist mit Photomontage am Computer jeder Betrug leicht gefertigt, aber an Kuriosität war das mir Vorgelegte auf keinen Fall zu überbieten. Schorsch legte mir Photos aus einer Baumschule vor, ein Teil der Bäumchen, nämlich die als weiblich Klassifizierten, war tatsächlich mit einer Burka verschleiert. Nicht einmal die Bäume verschonen sie mit ihrem islamistischen Terror, fauchte Schorsch, mir hatte es infolge der Unglaublichkeit des Dargestellten die Rede verschlagen. Endlich erlöste mich die knusprige Mohnpanier über zartem Karpfenfleisch zumindest vorübergehend von dieser und anderen Unsinnigkeiten.

Lolli verhinderte, dass der rechtslastige Wirt weitere Bekehrungsversuche zum Dessert an mir startete, allerdings hatte sie Schlimmeres im Gepäck als die Islamisierung der Jungbäume vor Gmünd. Sie hatte eine Rede von Heinrich Hirnbach mitgebracht, die das Grässliche der neuen Rechten mit größter Deutlichkeit offenlegte. Nach dem Mohnsorbet mutete mir meine Liebe das hirnkranke Machwerk zu, es erinnerte an den von uns gelesenen Ausschnitt aus Pugna pro Natione: Der Grund für die zunehmende Labies mundi wäre die zu liberale Educatio, die sich seit den Sechzigerjahren wie eine Seuche breitgemacht hätte. Die effektivste Methode, Kindern Mores zu lehren, wäre, sie zu Sexualhandlungen zu zwingen oder sie zu vergewaltigen. Der Successio educationis sei deshalb so nachhaltig, weil durch die gewaltsamen Intimitäten und die Additio von zärtlichen Worten die Nachwachsenden gewaltig irritiert würden und totam vitam an den Imperator gebunden. Wie geschlagene Canes würden sie zum Dux omnipotens zurückkriechen und um sein Wohlwollen winseln. Lolli standen vor Grausen die Haare zu Berge. Ich versuchte sie zu beschwichtigen, indem ich halbherzig anmerkte, bellende Hunde würden nicht beißen. Du bist lieb, antwortete sie, aber ich durfte an einem Rundgang im Campus teilnehmen. Der Ostteil ist eine Erziehungsanstalt für Kinder und Jugendliche, gesehen habe ich allerdings nur ein paar Mädchen. Diese haben mir einen äußerst verängstigten Eindruck gemacht. Der Nachwuchs der Pugnatoren wird bereits der menschenverachtenden Maschinerie Hirnbachs überantwortet und ruiniert. Ich irre mich nicht, mein Liebling, der Wahnsinn hat hier mehr Konsequenz als wir wahrhaben wollen, und das System basiert auf brutalster Demütigung. Mir ist heut auch schon blanker Wahnsinn angeboten worden, konterte ich. Ich winkte Wirt Schorsch herbei, er schien nur auf mein Zeichen gewartet zu haben, die Mappe mit den Bildern kurioser islamistischer Umtriebe hatte er sich unter den Arm geklemmt. Zeigen Sie meiner Freundin doch bitte die Baumschule mit den verschleierten Bäumchen. Erfreut kam Schorsch meinem Wunsch nach, und es gelang mir, Lolli ein Lächeln zu entlocken. Eine lustige Karikatur, bemerkte sie, wohl eine Verspottung von Islamophobie. Bittere Wirklichkeit, schrie Schorsch auf. Acht Kilometer von hier entfremdet man den deutschen Wald, sed Silva Germanica pulcherrima est. Mit Lollis Aufheiterung war es auf der Stelle vorbei. Die Latinismen, die auf Schorsch überzugreifen schienen, hatten ihr wieder bewusst gemacht, wie sehr die menschenverachtende Ideologie der PPN das Land zu vereinnahmen drohte.

Ich könnte hier sitzen bleiben und bis ans Ende meiner Tage auf den Strom hinausschauen, begann ich unsere Frühstücksunterhaltung des nächsten Tages. Das braune Wasser strömte gleichmäßig bis zu dem Punkt, wo die beiden Thayaströme, der österreichische und der slawische, ineinander flossen. Schon seit jeher waren die Völker einander verbunden, wenn man nicht an der Oberfläche der Unterschiedlichkeiten verblieb und polarisierte. Mein Schatz, antwortete Lolli, ich wollte dir die Nacht nicht verderben, aber ich habe die kommenden Tage Verpflichtungen: Wir können vormittags noch schwimmen gehen, aber am frühen Nachmittag muss ich für eine Woche nach Wien verreisen. Mein werter Gemahl hat Herrn Hirnbach eingeladen und bedarf meiner Begleitung. Absolut notwendig sei sie, hat er mir nachdrücklich mitgeteilt, um gar keine Ausflüchte aufkommen zu lassen. So strikt agiert er gewöhnlich nur, wenn er einen Liebhaber wittert. Ich habe aber aus einem persönlichen Grund widerspruchslos eingewilligt: Alles, was mich in den Umkreis von Hirnbach versetzt, bringt mich der Erfüllung meiner Lebensaufgabe näher. Lolli schien glücklich, ich verzichtete darauf, sie von neuem mit meinen Bedenken zu behelligen. Bevor ich noch etwas erwidern konnte, war außerdem Franz Flößer an unseren Tisch getreten und brachte nicht nur den bestellten Kaffee, sondern bemerkte auch mit seinem ebenso unausbleiblichen wie unausstehlichen Grinsen, ich hätte offensichtlich meine Wochenendtrips durch Daueraufenthalte ersetzt, was ihn als Hotelier natürlich freue. Außerdem sei es meiner eigenen Gesundheit förderlich: Der Verzicht auf Promiskuität minimiere nämlich die Gefahr, sich durch Geschlechtskrankheiten zu infizieren. Dabei starrte er meine Begleiterin mit vielsagendem Blick an, als warte er nur auf die Einladung, meine früheren Abenteuer samt den in Aussicht gestellten Unappetitlichkeiten auszuplaudern. Ich fragte Herrn Flößer rück, wann er denn endlich seine wohlverdienten Urlaub antreten dürfe. Die Frage war viel hinterhältiger, als es den Anschein hatte. Flößers Zynismus mir gegenüber rührte nämlich daher, dass er niemals sein Umfeld verlassen durfte, weil seine Frau ihn von der ersten Minute des Tages bis zur letzten im Kontrollblick haben wollte und ihm niemals erlaubte, auch nur einen Tag allein zu verbringen. Ja, seine Situation war katastrophal, denn auch zu zweit verreisten die Strohmers nie, weil die Chefin den Angestellten keinesfalls unkontrolliert die Finanzgebarung überlassen wollte. Zudem nahm die Kontrollsucht von Flößers Frau von Jahr zu Jahr groteskere Züge an: Seit neuestem machte sie dem Gemahl jedes Mal eine Szene, wenn er am Thayastrand des Hotels nach dem Rechten sah, weil sie ihrem Gemahl unterstellte, lediglich wegen der halbnackten Schönen seine Rundgänge zu unternehmen. Als Flößer keine Antwort auf meine hämische Frage nach seinem Urlaub eingefallen war, lediglich sein Grinsen einfror, drückte ich noch schadenfroh meine Hoffnung aus, wir würden uns am Ufer der Thaya zu einer Plauderei wiedersehen. Denn wie er und ich wussten, reichte nur selten bis dahin der Auslauf, den ihm sein Ehejoch gewährte. Wie ein geschlagener Hund trottete Flößer in seine Rezeptionskoje zurück. Mein Mitleid gegenüber dem Gejochten hielt sich in Grenzen, der Hoteldirektor selber hatte unser Duell der Zynismen eröffnet. Was Lolli anging, war ihre Abreise nach Wien gegenüber den Besuchen im Campus für mich eine Milderung der Besorgnisse, dort würde sie, von zu viel Gesellschaft umgeben, keine Gelegenheit für ein Attentat finden. Aber wie sollte ich sie davon abbringen, in einem Anschlag auf diesen Unhold die Erfüllung ihres Daseins zu sehen. Hör nun endlich auf zu grübeln, rief Lolli, sie sprang mir bereits zum Wasser voraus. Mit kräftigen Schwimmzügen durchmaß sie das sommerliche Gewässer, zielstrebig gegen die Strömung anschwimmend.

Den Nachmittagskaffee nahm ich bereits verwaist im Garten des Hotels ein. Was machst du hier, sprach mich da plötzlich eine mir gut bekannte, fröhliche Stimme an, August Thaler lachte mir ins Gesicht. Wie lange haben wir uns nicht gesehen, antwortete ich und streckte ihm aufstehend meine Hand entgegen. Das sind wohl schon zehn Jahre, dabei bin ich schon zum zweiten Mal hier in Thayaegg. Du wirst es nicht glauben, aber heute Abend beginne ich mit einem dreitägigen Schamanenseminar. Der Waldviertler Boden eignet sich wunderbar, um in die Anderswelt einzukehren. Ich erinnerte mich an das einzige Seminar, das ich bei August Thaler absolviert hatte. Auch damals hatte das therapeutische Zusammensein an einem Strom stattgefunden. Ich hatte Thaler um eine schamanische Sitzung gebeten, psychisch so in mir befangen, dass ich keine Initiative für eine systemische Sitzung aufzubringen in der Lage war. Tatsächlich war Thaler nach der schamanischen Sitzung am Ende seiner Kräfte gewesen. Ich wäre heute gerne dabei, kam es aus mir heraus, ohne dass ich Erwägungen angestellt hatte. Ebenso bedenkenlos nickte Thaler. Wir beginnen um 18.00 im Schloss Hohentayaegg, ich habe das Gefühl, dein Dabeisein wird der Gruppe einen schönen Rückhalt geben. Gerade im Sommer verirren sich die kuriosesten Typen hier in den Norden und beginnen mich mit ihrem esoterischen Geschwätz zu drangsalieren. Nach Thalers Abschied verbrachte ich die drei Stunden bis zum Seminarbeginn sinnierend auf dem Hotelzimmerbett. Irgendwie war Thaler verändert. Ich war gespannt, ob die Ausformung seines Schamanismus sich sehr von dem damals Erfahrenen unterscheiden würde. In jedem Fall unterschied sich sein schamanisches Heilen erheblich von dem, was sich in anderen schamanischen Zirkeln abspielte. Wer sich nach Federnschmuck und ähnlichem umsah, war enttäuscht, Thaler trat meist in leichten Jeans und einem Sakko auf, dessen er sich für den Ausnahmezustand der schamanischen Arbeit entledigte. Mit den Jahren hatte er es erlernt, wie selbstverständlich und bei Bedarf ganz unvermittelt in die sogenannte Anderswelt hinüber zu wechseln. Bei der Gruppenarbeit bediente er sich aber einer Trommel, die er selbst während seiner Trance schlug. Ich war reichlich gespannt auf den Abend.

Bevor ich losging, fand ich ein SMS mit einem ausführlichen Lagebericht von Lolly auf meinem Handy. Ich könne mir nicht vorstellen, las ich da, in welchem Ausmaß Heinrich Hirnbach geistesgestört sei. Selbst auf Gesellschaften schrecke er nicht davor zurück, seine Paranoia auszuagieren. So habe er aus heiterem Himmel einen bosnischen Diplomaten der Spionage verdächtigt, weil dieser in der Hofburg die barocken Details eingehender besichtigt hätte. Interessant wäre, dass man Hirnbach national wie international zu hofieren beginne, vermutlich weil man allerorts eine tatsächliche Machtergreifung nicht mehr ausschließe. Anstatt den Irren vom Empfang zu verweisen, habe man lediglich den bosnischen Gesandten vor den Attacken des Irren abgeschirmt. Gebrüllt habe Hirnbach und von der Notwendigkeit standrechtlicher Exekution gesprochen. Für sie stehe jedenfalls außer Zweifel, dass der Mann zu jedem Verbrechen fähig sei, sie wäre sich sicher, dass die programmatischen Vergewaltigungen bereits tödliche Realität seien. Ich war einer der letzten, der im Seminarraum eintraf, ich hatte den steilen Aufstieg zum Schloss Hochthayaegg unterschätzt. Wie gewohnt standen die meisten der schamanischen Aspiranten, mit sich selber beschäftigt, locker verteilt im Raum herum. August Thaler unterhielt sich mit einigen ihm bereits vertrauten Seminarteilnehmern. Andre wiederum bereiteten für sie persönlich wichtige Utensilien für die schamanischen Sitzungen vor: Das waren zum einen entsprechende Kleidungsteile, wie bequeme Schuhe oder dekorativ gestaltete Jacken oder auch blitzende Schmuckstücke, zum anderen Rasseln oder Trommeln, die hervorgeholt wurden. Nur zwischendurch tauschte man einige freundliche Sätze mit den leibhaftig vorhandenen Personen aus, schließlich ging es um das Reisen in die Anderswelt, nicht um eine diesseitige Plauderei oder gar um Alltagstratsch. Da man noch auf eine verspätete Seminarteilnehmerin wartete, begann ich trotz der allgemeinen sakralen Selbstversunkenheit ein Gespräch mit dem Mann, der die mächtigste Trommel vor sich in Stellung gebracht hatte. Aus einem mir unbekannten Grund bauen die männlichen Seminarteilnehmer immer die größten Geräte auf. Recht freimütig, begann er auch sogleich seinen Lebenslauf preiszugeben. Männer geben im Allgemeinen gerne ihren Lebenslauf preis, so als würden sie lebenslang mitnotieren, was sie schon alles zuwege gebracht haben. Ich selbst habe einen dicken Ordner zu Hause, in dem ich Dokumente aller Lesungen, Einladungen, Auszeichnungen und Publikationen sammle. Der Ordner hat inzwischen einen satten Umfang erlangt, sein Inhalt interessiert kaum mich selber, geschweige denn jemand anderen. Norbert Bürgler, der Mann mit der riesigen Trommel, berichtete nicht ohne Selbstgefälligkeit, er habe als Polizeidirektor von Bludenz jahrelang verantwortungsvoll gewirkt, seit er aber in Pension wäre, und das wären nun auch bereits wieder sechs Jahre – er machte eine Pause, um mir Raum für mein Erstaunen zu lassen – hätte er sich ganzheitlichen und spirituellen Herausforderungen gestellt. Konkret versuche er sich in die obersten Ränge der Schamanen hinauf zu arbeiten. Und wenn wir uns nicht so kontinuierlich bemühten, wären wir nicht dort, wo wir jetzt wären, fügte er zusammenfassend hinzu. Ich war ein wenig verdutzt, was meinte der Mann, er half mir, indem er auf seine beachtlich dickbauchige Trommel verwies. Tatsächlich bemerkenswert. Offensichtlich war er wild entschlossen, nach seiner Polizeikarriere auch höhere Beamtenränge in den schamanischen Hierarchien zu erlangen, selbst wenn es dort keine Amtsdirektoren- und Hofratstitel gab. Die als Eröffnung folgende Einstiegsrunde wurde von einer Therapeutin aus Wien vereinnahmt. Sie hätte eingesehen, sie dürfe sich nicht so sehr verausgaben, schien sie einzusehen, schaffte es aber offensichtlich nicht, tatsächlich mit ihren Kräften hauszuhalten, indem sie ihrem ihr gegenüber sitzenden Mann einen Teil des Lebenserhaltes überließ. Sie war offensichtlich nicht in der Lage, ihm Verpflichtungen anzuvertrauen, weil er schon einmal in ein Burnout gegangen war, zudem hatte sie Verpflichtungen gegenüber ihrer pflegebedürftigen Mutter übernommen und betreute Sterbende in einem Hospiz und Schwererziehbare in einem Erziehungsinstitut für kriminell gewordene Jugendliche. An manchen Wochenenden half sie auch in einer Tagesklinik für leicht behinderte Kleinkinder aus. Alkoholiker und Drogensüchtige schienen als einzige zu fehlen, und ich war schon versucht nachzufragen, erinnerte mich aber, dass mein leicht ironisches Nachfragen schon bei den Grünstättens nicht als Aufheiterung bedankt worden war. Glücklicher Weise übernahm August selber diesen Part, er fragte, ob sie sich denn nicht zu wenig bemühe, wenn sie sich nur für den Gatten, die Mutter, die Sterbenden, die kriminellen Jugendlichen und die beeinträchtigten Kleinkinder engagiere, es gäbe doch noch viel mehr Unglück auf dieser Welt und der liebe Gott sei offensichtlich auf Urlaub, da müsste sie doch einspringen. Da und dort aufflackerndes Gelächter erleichterte auch die Geplagte, die rasch versicherte, sie hätte nun ihre Lektion gelernt, sie würde ihr Plansoll im Hospiz reduzieren. Allerdings wäre das frühestens in eineinhalb Jahren möglich, wegen der regelmäßigen Ausgaben, sie hätten eben keinen niedrig bemessenen Lebensstandard. Nun wurde Thaler ärgerlich, sie solle sich das Theater ersparen, erklärte er der Frau. Sie hätte ein massives Helfersyndrom, würde ihre Überlastung nur deshalb nicht auslassen, weil sie ihre eingebildete Unentbehrlichkeit aufgeile. Und er spüre deutlich, dass sie zu keiner nachhaltigen Umstellung dieser Haltung bereit sei. Nach zwei Stunden Behandlung der renitenten Therapeutin fanden wir uns doch noch zu einer Meditation: Wir sollten den Geistern des Ortes ein Grüß Gott sagen, lud uns August ein. Ich spürte, mich hinwendend, tatsächlich Gestalten vor Ort, am Schlossberg wie am Thayastrom, selbst im Hotel, dort bargen sich

Geistwesen, die ihr Gesicht, mitunter verschwommen, zeigten. Am lustigsten tanzte der Berggeist auf dem Schloss Hochthayaegg. Aus Jux und Freud verabreichte er den Flussgeistern Fußtritte, die mit ebensolcher Ausgelassenheit in die Rangelei einstiegen.

  Lolli fehlte mir sehr, als ich ins verwaiste Bett stieg, ihr liebevolles Gute-Nacht-SMS war da kaum ein Trost. Meine Beobachtungen am Schlossberg gingen mir noch einmal durch den Kopf, die direkt auf das Wesentliche zielende Art Thalers beeindruckte mich nach wie vor. Das Erzählen über Geistwesen gilt zumindest als paranoid, in der Literaturszene ist es sogar verpönt, es sei denn man betreibt erklärtermaßen Fantasy, was die erzählte Anderswelt zu einem Auswuchs der Phantasie deklariert. Natürlich haben aber auch die heutigen Menschen die Sehnsucht nach einer Anderswelt, die aber durch den ausgeprägten Materialismus, der mit der entfremdenden Entwicklung des Kapitalismus einherging, nicht gesellschaftsfähig ist. So kam Rowling zu ihren Bestsellererfolgen, so hat man sich immer Geschichten über Sagenggestalten und Schutzengel und anderes Andersweltliche erzählt. Ursächlich hält unser aller Ziel, der gewisse Tod, dieses Interesse an Andersweltlichem aufrecht. Für einen Moment war ich versucht, meine Überlegungen zu Papier zu bringen, da sah ich die Rezensionen der Literaturkritiker vor mir: Humbert Cordi wäre nun gänzlich dem aberwitzigen Kitsch durch eine Wendung ins Esoterische verfallen, infolge zunehmender Altersschwäche würde er jetzt aber zumindest sein erotisches Geschreibsel gut sein lassen. Nun gut, Hundingers speziell orientierter Intellektualität würde ich nie genügen können. Eine Gemeinsamkeit gab es allerdings mit Hundinger: Wie alle Männchen dieser Erde wollten wir beide Lieblinge der Frauen sein, das konnte ich Hundinger nicht verübeln. So sollte ich ihm auch nachsehen, dass hübsche Damen in seinen Rezensionen bevorzugt waren. Schlimmer als diese querschlagende Erkenntnis war, dass Lolli sich nicht neben mir fand, nicht an mich zu drücken war, um mich in eine Welt des Geliebtseins zu entrücken, eine von allen angestrebte Anderswelt.

Der Tag therapeutischer Seminare beginnt mit der obligatorischen Morgenrunde. Dabei gibt man, natürlich völlig freiwillig, eine Darstellung eigener Befindlichkeit. Üblicherweise artet die Runde zu einer maximalen Selbstbespiegelung der hochgradigen Narzissten aus. Ein etwas älterer Teilnehmer, der auffällig mit den Augen zwinkerte, versicherte, er habe bereits in einem großen Traum, und eigentlich wären alle seine Träume große Träume, eine grandiose schamanische Reise unternommen. Dabei sei ihm eine lilafarbene Stute begegnet, die habe ihm geraten, mit Thaler in der Thaya schwimmen zu gehen, dies würde gleichsam seine schamanische Taufe sein. August Thaler vermochte kaum an sich zu halten, bis der Quatschkopf zu Ende war, dann legte er los. Keinesfalls würde er mit irgendjemandem zur Taufe schwimmen gehen, aber mit Phantastereien, wie eben dargeboten, würden wir alle baden gehen. Er befände sich offensichtlich in einem Kreis von Wichtigmachern und Helfertypen. Aber Schamanen seien weder auf der Welt, um die Welt zu retten, noch um phantastische Explosionen im Kopf zu forcieren. Ob wir denn alle ganz unzweifelhaft geistige Führer hätten oder spirituell unredlich einfach irgendwelchen Phantasiegebilden nachhängen würden. Am wunden Punkt getroffen, saßen wir wie aufgedeckte Straftäter im Kreis. Nach einem Blick in die Runde wusste Thaler, dass er uns an der Schwachstelle erwischt hatte, und richtete danach die nächste Übung aus. Jeder möge sich einen Partner wählen und mit seinem geistigen Führer in Kontakt treten. Gleich nach einer Minute kam die Prüfungsfrage nach der Verifikation auf uns zugeschossen: Ob denn nun jeder mit Gewissheit seinen geistigen Führer kontaktiere. Der Mann mit der dickbauchigsten Trommel gestand ein, er wäre bisher einem Phantasma statt seiner geistigen Führung nachgegangen und wäre nun bereit, von vorne anzufangen. Thaler legte ihm aufmunternd die Hand auf die Schultern und beglückwünschte ihn zu seiner neuen Bescheidenheit. Zufrieden schob der Betroffene seine großtuerische Trommel zur Seite. Der Mann mit der lila Stute war von seinen Phantasmagorien nicht abzubringen: Er behauptete nun, seine geistige Führerin wäre eine grün gesprenkelte Medusa. Wenn er so weitermache, würde er ihm das Gespräch verweigern, drohte Thaler. Ich selber trat in Kontakt mit meiner geistigen Führerin, es gelang mir nicht, ihr Gesicht wahrzunehmen, eine hochgezogene weiße Gestalt jedenfalls, und im Augenblick voll überbordender Liebe zu mir. Werden wir so intensiv von unseren Schutzengeln geliebt, schoss es mir durch den Kopf. Thaler blickte zu mir her und nickte. Nach einigen Minuten forderte er uns auf, ins Hier zurückzukehren. Auch wenn das schwer wäre, fügte er mit einem neuerlichen Blick auf mich hinzu. Wer möchte uns nun von einem rosa Schwan oder einem orangenfarbenen Orang Utan erzählen, der ihm rätselhafte Botschaften mitgegeben habe, fragte Thaler dann und lachte lauthals los, weil er meinte, jeder hätte eben begriffen, wie in sich beschieden und auf Tatsächliches bezogen das schamanische Tun ausgeführt werden müsse. Er irrte: Eine Frau mittleren Alters hob die Hand und teilte mit, sie müsse etwas Wichtiges mitteilen. Sie hätte aus der Anderswelt der Verstorbenen eine Botschaft für eine Frau in dieser Runde erhalten. Thaler sah nicht gerade erfreut aus, ließ sie aber die Mitteilung vorbringen. Die Großmutter von Claudia habe ihr nämlich mitgeteilt, ihr tue es leid, sich im diesseitigen Leben so hart gegenüber ihrer Enkelin betragen zu haben. August musste nun bei Claudia nachfragen, ob sie diese Mitteilung einordnen könne, zunehmende Ungeduld war ihm anzumerken. Claudia schüttelte den Kopf, sie habe ihre Großmutter als sehr liebevoll in Erinnerung, leider hätten sie wegen der großen Entfernung der Wohnorte miteinander wenig Kontakt gehabt. Dann wollen wir das so stehen lassen, seufzte Thaler und blickte einladend in die Runde, ob noch jemand von seiner Erfahrung mit seiner geistigen Führung berichten wolle. Der Teilnehmer mit der grüngesprenkelten Medusa hob die Hand, er würde noch gerne über die Fusion von Animus und Anima im Rahmen schamanischer Therapien diskutieren, sprudelte er los. August fuhr ihn an, er würde ihm die Teilnahme am Seminar versagen, wenn er sich nicht zu disziplinieren wüsste. Nichts hätte er bisher begriffen, als Betreuer würde er ihm nicht einmal abnehmen, in Kontakt mit seiner Führung geraten zu sein. Er blicke einem anstrengenden Wochenende entgegen, ergänzte er und schwieg vorerst. Er würde mit dieser Gruppe neue Saiten aufziehen müssen. Wir begannen die erste schamanische Heilsitzung.

Als ich zum Thayahotel zurückkehrte, grinste mir Franz Flößer so breit wie nie zuvor entgegen. Er hätte eine schlechte und eine gute Nachricht für mich, welche ich denn zuerst hören wollte. Ich wäre weder auf Kommentare noch auf Tratschgeschichten aus seinem niveaulos lästernden Mund neugierig, antwortete ich, ich würde lediglich einen Tisch im Garten reservieren wollen, weil in einer halben Stunde ein Gast zum gemeinsamen Mittag eintreffen würde. Flößer vermerkte die Reservierung, ließ es sich aber nicht nehmen, seine Nachrichten zu unterbreiten: Die schlechte sei keine Neuigkeit, meine Gespielin wäre noch immer nicht eingetroffen, und so wie er die Beziehungslage beurteile, werde sie auch nicht wieder aufkreuzen. Er habe bereits die schlimme Befürchtung gehabt, dass ich länger als ein Jahr mit derselben Dame das Bett teilen würde. Gott sei Dank wäre seine Lebenslage von derlei Sorgen völlig frei, replizierte ich, seine getreue Göttergattin würde sogar verhindern, dass er einen Lichtstrahl mit jemand anderem teilte. Direktor Flößer ließ sich nicht aus dem Konzept bringen: Die gute Nachricht wäre, eine neu angekommene Dame liege nackt auf den Holzpritschen am Strom. Bei keinem der Gäste habe das bis jetzt Anstoß erregt, weil sie wirklich wunderschön sei. Dabei wirke ihre Nacktheit so natürlich, dass nicht einmal seine Frau, die zugegebener Maßen etwas zu besitzergreifend sei, sich über sein Hinschauen beschwert habe, allerdings nehme er an, dass die Dame bei mir, dem Herrn Schriftsteller, eine kreative und möglicher Weise korporale Erregung auslösen werde. Franz Flößer hatte es geschafft, mich in sprachloses Erstaunen zu versetzen: Er hatte eben einen Neologismus zustande gebracht. Waren Sie in einem Gymnasium oder beflügelt Sie der Umgang mit mir zu diesem neologistischen Aufschwung, fragte ich daher. Beides, geschätzter Herr Cordi, aber ich bin ehrlich gesagt schrecklich neugierig darauf, ob die Dame in Ihrem Bett landet. Sprach der Hund an der Kette zum vermeintlichen Wolf, der in Freiheit lebt, übrigens eine Phaedrusfabel, wenn Sie schon so bildungshungrig sind, ergänzte ich spitz. Ich verabschiedete mich von Franz Flößer, unsere Konversationen arteten in Disputationes aus, die kein Ende mehr zu finden schienen. Ich konnte mir allerdings nicht verhehlen, dass sich zwischen dem Hoteldirektor und mir unwillkürlich Vertrauen aufzubauen begann. Seine Neugierde entsprach seiner Lebenssituation: Da er selber sich niemals der schönen Nackten nähern würde können, wollte er zumindest als Beobachter aus der ersten Reihe an dem Geschehen teilnehmen. Nachdem ich mich kurz im Zimmer erfrischt hatte, kehrte ich in den Garten zurück. Die angekündigte Dame war von den Tischen aus nicht zu sehen, die Pritschen wurden von einer Hecke abgeschirmt. August Thaler war schon da und wir gaben unsere Bestellung auf, um noch einige Zeit zum Reden und Rasten zu haben. Ich habe einen Behandlungsplatz für dich frei, eröffnete er mir. Dieses Mal bin ich optimistisch, du weißt ja, damals vor zehn Jahren konnte ich dich nur auf Linderung hin behandeln. Es war zum Davonlaufen, ja das trifft es genau, so arg warst du innerlich entzündet, vor lauter Verdrängen und Verleugnen. Ich nickte, von der Aussicht auf die schamanische Behandlung erfreut, wir bestellten vorerst ein Schremser Bier. Natürlich würde ich einen heimischen Fisch bestellen, vielleicht Wallersteak, Thaler orderte einen Schweinsbraten mit Knödel. Ich darf dieser Hausmannskost allerdings nicht zu sehr frönen, erklärte er, meine Gefäße sind nicht mehr die besten, und ich habe ja den Sechziger auch schon überschritten. Ich muss dir aber noch etwas Beunruhigendes aus dieser Gegend erzählen, was mir reichlich Kopfzerbrechen macht. Hast du schon vom Campus und Pugna pro Natione gehört. Das sind ganz anachronistische und menschenfeindliche Umtriebe, die sich hier im Nordland breitmachen. Ein Jammer, denn spirituell gesehen ist das Waldland hier so kraftvoll, enthält gleichsam so viele Portale in die Anderswelt, worüber die Einheimischen auch immer schon Bescheid gewusst haben. Leider habe ich nicht nur allzu viel gehört von diesem Naziverein, sondern bin auch schon mit diesem Hirnbach in Kontakt gekommen, antwortete ich. Ach, ja, fuhr Thaler fort, Hirnbach ist unglaublich bösartig, als ob er sich böswilligen Dämonen überlassen hätte. Ich habe in seiner Biographie recherchiert, die Kumulation wäre zum Lachen, wenn einem das Lachen nicht im Hals stecken bliebe. Stell dir vor, bevor er sich an die Spitze von Pugna pro Natione hinaufgearbeitet hatte, ist ihm seine ganze Familie abhanden gekommen. Sein Sohn hatte sich durch einen mysteriösen Autounfall zu Tode gebracht, dann stürzte sich seine Schwiegermutter über eine Felswand in den Abgrund. Seine Großmutter hat vor Jahren versucht, sich einen Dolch in den Bauch zu rennen und ist in der geschlossenen Abteilung einer psychiatrischen Klinik verstorben. Das Unglaubliche ist, man hat Hirnbach nie eine verbrecherische Handlung nachweisen können, obwohl es genug Hinweise darauf gab, dass er seine Angehörigen auf kriminelle Weise gedemütigt und gequält habe. Die Kinder geschlagen, die Großmutter und die Schwiegermutter ständig beleidigt und gedemütigt, die Nachbarn haben immer wieder Anzeigen erstattet, die aber jeweils nach der Einvernahme des Irren fallen gelassen worden waren. Er dürfte rhetorisch unglaublich raffiniert agieren. Die Frau Hirnbachs hätte versucht, mit einem Granitblock in der Hand vom Dach seines Wohnhauses den Tyrannen zu Tode zu springen und gleichzeitig sich selbst auszulöschen. Von dem zugegebenermaßen etwas hirnrissigen Plan wäre nur dem zweiten Teil Erfolg beschieden gewesen. Der Stein, der Hirnbach das Hirn zerschmettern hätte sollen, erwischte nämlich nur seinen germanoromanischen Schäferhund. Beinahe schade, dass meine Berufung weder politisch noch kriminalistisch ist, seufzte August Thaler, leider veranstalte ich Phantasiereisen für halb Verrückte.

Wir kehrten zurück auf Schloss Hochthayaegg zur Nachmittagssitzung. Der steile Anstieg half uns dabei, einige Kalorien der deftigen Kost zu verbrauchen. Hast du die Nackte auf den Holzliegen gesehen, fragte mich August noch am Schlosstor, bevor wir wieder in den Kreis der schamanischen Aspiranten aufgenommen wurden. Irgendwie schade, dass man sich zuletzt doch für ein monogames Leben entschieden hat. Er lachte sein raumfüllendes Lachen, bevor er in der Runde unmittelbar zur schamanischen Arbeit überging. Als die anderen Behandlungswilligen zögerten, den Anfang zu machen, nahm ich die Chance zur Behandlung als Erster in Anspruch. Nach zwei Minuten Trommeln und Atmen waren wir mitten im hitzigen Heilungsgeschehen. Während Thaler die mich blockierenden Mächte abzog, durch die geöffneten Fenster in alle Himmelsrichtungen schickte, wies er mich an, mich totzustellen. Die anderen Seminarteilnehmer halfen mit, mich unter einer erheblichen Anzahl von Decken zu verbergen. Es wurde mir von meinem Heiler für etwa eine halbe Stunde strikt verboten, mich auch nur ein klein wenig zu rühren. Als ich noch ganz benommen aus der

Mitte in die Runde zurückkehren wollte, stürzte plötzlich die Therapeutin mit dem Helfersyndrom auf mich zu und riss mich zu Boden. Auf meine Verwunderung hin warf sie sich in ihr Brüstchen und versicherte, sie dürfe mich umarmen, offenbar eine Vereinbarung mit ihrem geistigen Führungswesen, von der mich niemand informiert hatte. Mit einiger Überwindung ließ ich die Umarmung über mich ergehen, wobei die Dame mir noch mitteilte, sie hätte für mich geweint, wofür auch nur ein bisschen Dankbarkeit aufzubringen mir misslang. Unter ihrem Ansinnen, mich auf den Mund zu küssen, duckte ich mich aber gekonnt durch und robbte fluchtartig auf meinen Platz los. Thaler ließ das Geschehen kommentarlos auf sich beruhen. Nachdem ich endlich wirklich wieder in der Runde angelangt war, sah ich dem Schamanen die Schwerarbeit, die er geleistet hatte, an. Wir keuchten beide, ich war unter einigen Decken vor den bösen Dämonen versteckt worden und dementsprechend verschwitzt. Der Schamane hatte das Schädigende von mir entfernt, was ihm aber größte Anstrengung abverlangt hatte. So unerwartet für dich der Hinweis ist, erklärte August, meine geistigen Führer haben mich angewiesen, du solltest dich beim Gefühl einer Gefährdung totstellen, und das kann ich dir auch als Ratschlag für die nächste Zeit mitgeben. Tatsächlich funktionierte der therapeutische Ratschlag: Sobald ich meinen Atem auf die geringste Frequenz absenkte, verflüchtigte sich meine Angst. Wir gingen an diesem Abend rasch auseinander, die meisten fühlten sich verpflichtet, noch sich selbst auferlegte Übungen zu absolvieren. So musste eine der Damen noch ihre tanztherapeutischen Übungen vor dem Zu-Bett-Gehen erledigen, um in kosmischer Balance zu bleiben. Ein anderer musste sich noch sein veganes Süppchen nach den astrologischen Gegebenheiten, die er aber erst noch ausrechnen musste, zusammenstellen. August selber war einfach zu müde, um sich noch in irgendeine Gaststube zu setzen. Im Hotelbett gelandet, erinnerte ich mich des seligen Gefühls, als ich mit meiner geistigen Führerin verbunden gewesen war. Für ein paar Minuten stellte ich die Verbindung wieder her und war geborgen. Aber wie sollte man in dieser Welt geschäftlicher Rasanz die zärtlichen Mächte aus einer Anderswelt zur Sprache bringen. Wie davon erzählen, dass man glücklos bleibt, wenn man sich nicht dem liebevollen Urgrund unseres Daseins zuneigt. Nach dem Gute-Nacht-SMS an Lolly fiel ich in einen tiefen Schlaf, aus dem ich nur einmal kurz aufschreckte.

Am Morgen hallte mir das Gerede aus dem Frühstücksraum lauter summend als sonst entgegen. Flößer schien an allen Tischen zugleich in aufgeregte Gespräche verwickelt. Als ich meinen Platz eingenommen hatte, trat er an meinen Tisch, um wegen meiner Kaffeebestellung nachzufragen. Zu meiner Verwunderung verkniff er sich den obligatorischen Spott über mein frauenverlassenes Dasitzen, sondern platzte mit der Sensation des Tages heraus: Unglaublich, aber wahr sei es, im sonst so friedlichen Österreich sei ein terroristisches Verbrechen geschehen. Friedlich stimme nicht ganz, hätte ich einwenden können, denn die Selbstmordrate sei fast so hoch wie in Finnland oder Ungarn. Außerdem hätten wohl auch die Trainingscamps im Campus der PPN kaum etwas mit Frieden im Sinn. Ich wollte aber die sensationelle Nachricht abwarten und schwieg. Ein Mord sei verübt worden, platzte es nun aus Flößer heraus, ja tatsächlich sei in diesem Land der Berge und Äcker gemordet worden. Nun, das wäre doch eine Option für einen in Ketten gehaltenen Ehekrüppel, hätte ich da einwerfen können, schwieg aber weiter, weil mir der Spaß am Schlagaustausch mit Flößer zu ersterben begann, mich stattdessen eine unangenehme Bange beschlich. Er könne es nicht fassen, im Land der Berge und Seen und der schweigenden Granitblöcke hätte es einen Mord gegeben. Auch die österreichischen Birken schweigen, außer sie werden vom Wind zerzaust, lag mir lästerlich auf der Zunge, da rückte Flößer endlich mit den konkreten Ereignissen heraus: Der Führer von Pugna pro Natione, Heinrich Hirnbach, sei in einem Wiener Stundenhotel ermordet worden. Schreckensstarre krallte mich und ließ mich nicht mehr los. Vermutlich hätte eine islamistische Terroristin die Tat ausgeführt, ergänzte Flößer. In Kürze war ich mit Halbwahrheiten zugeschüttet. Die Medien überschlugen sich vor Schlagzeilen über den neuerlichen Anschlag, noch dazu im angeblich gemütlichen Österreich, das mediale Sommerloch war endgültig überwunden. Auch außerhalb Österreichs schlug das Ereignis mit solcher Wucht ein, dass es nur so im Blätterwald knallte. Die Bildzeitung preschte an vorderster Front mit Din A 3 Bildern der Leiche dahin, in Österreich lag Österreich mit der Ausschlachtung unsinniger Hypothesen knapp vor der Kronenzeitung, wobei der Vorsprung auf die seriöseren Blätter kein allzu großer war. Der Zimmerkellner des Stundenhotels hatte ein Photo mit seinem Handy gemacht, das sich über alle Titelblätter leichenblass ergoss. Auch wenn konkrete Hinweise fehlten, könnte man von einer islamistischen Attentäterin ausgehen, las man in allen Leitartikeln. Der Islamismus radikalisiere sich gegen den Westen, vermehrt wäre nun mit Frauen als Attentäterinnen zu rechnen, verlautete die Innenministerin in den Nachrichtensendungen. Je mehr ich die Medien zum neuerlichen Mordfall verfolgte, umso mehr begann sich der erste Schock zu lockern. Falls Lolli die Täterin war, wovon ich beim ersten Hören ausgegangen war, würde die österreichische Justiz kein Augenmerk auf sie richten, man hatte sich ein weit von ihr abliegendes Täterprofil zurechtgelegt. Von der politischen und sicherheitstechnischen Führungsschicht in Österreich wäre für Lolli nichts zu befürchten. Meine Liebe schien sowohl am Leben zu sein als sich außerhalb der polizeilichen Ermittlungen aufzuhalten. Lollis totale Kommunikationslosigkeit stürzte mich dennoch in eine schmerzliche Ratlosigkeit. Wenigstens ein Wort, sagte ich ihr auf die Mailbox und schickte zehn SMS mit der Bitte um eine kurze Mitteilung. Dass sie am Leben sei, möge sie mir doch zumindest bestätigen. Aber Lolli blieb vorerst völlig von der Bildfläche meines Lebens verschwunden.

Reichlich verwundert war ich daher, als ich beim Frühstück des nächsten Tages telefonisch angewiesen wurde, ich möge mich doch auf dem Polizeiposten von Tayaegg zwecks Verhörs in einer Angelegenheit der Staatssicherheit einfinden. Da ich das Telefonat in der Rezeption führen hatte müssen, entging ich dem bösen Grinsen Flößers nicht. Wenn man sich mit jedem Pupperl in die Harpfn haue, kalauerte er, dann passiere sowos. Offensichtlich rechnete er mich nun zur Unterwelt und kommunizierte nun weniger gehoben, sondern im Wiener Gangster-Slang. Sie haben mir als angestrengter Schönredner besser gefallen, kommentierte ich. Dann schoss ich doch noch eine bösartigere Replik nach und merkte an: Ihn brauche man ja nicht mehr mit der Polizei ins Gefängnis zu bringen, dorthin habe er sich selber mit seiner Partnerwahl schon gebracht, und machte mich auf den Weg. Die beiden Beamten stellten sich als Inspektor Meinrat und Inspektor Willbich vor, sie wären noch zur Zeit der guten alten Gendarmerie-Zeiten in die Positionen der Postenkommandanten befördert worden. Um niemanden zu kränken und den Proporz zu wahren, hatte man einen sozialistischen wie auch einen Vertreter der Volkspartei gleichzeitig zu leitenden Organen erhoben. Die beiden eröffneten sogleich ihre Amtstätigkeit: Man hat uns vom Verfassungsschutz den Auftrag erteilt, alle nur irgendwie mit dem Ermordeten in Verbindung gebrachten Personen zu perlustrieren, teilten sie mit. Der Hinweis auf meine Person wäre von Herrn Georg Gaugusch, dem Wirten vom Aufrechten Waldviertler an die Behörde ergangen, ich hätte mich äußerst feindlich gegenüber Herrn Heinrich Hirnbach geäußert, man möge mich zur Sicherheit ins Verhör nehmen. Wieder ist eine Erwähnung Lollis ausgeblieben, dachte ich beruhigt, während die beiden Beamten zur Leberkässemmel griffen, offenbar Zeit für ein Gabelfrühstück. Sie würden nun nach jeder der Fragen nicht nur von ihrer Semmel ein Stück abbeißen, sie würden auch jeweils einen Schluck aus einer Zweiliterflasche Cola nehmen. Hält sie Coca Cola nicht zu sehr wach während ihrer Amtstätigkeit, hätte ich fragen können, aber mich strengte der ständige Schlagabtausch mit Flößer schon genug an. Wohnort und so weiter begann Meinrat, Willbich erfragte in Folge den Familienstand, worüber ich mich doch ein wenig wunderte. Die Inspektoren ließen allerdings nicht einmal schüchtere Einwände zu, in der Befragung gäbe es keine unzulässigen Fragen, antworteten sie, schließlich kämen sie nur ihren amtlichen Pflichten nach. Ist aber schon bedauerlich, dass sie geschieden sind, Herr Cordi, grinste Willbich, ist Ihnen wohl ein Gspusi zu viel passiert. Nach dem nächsten kräftigen Colaschluck kam die in Österreich unvermeidliche Frage nach der Religion. Als ich wiederum für einen Moment zögerte, drohte mir Meinrat mit Untersuchungshaft, sollte ich mich nicht kooperativ erweisen, schließlich gehe es um Mord. Ja, ich wäre katholisch, erklärte ich darauf hin, allerdings mit dem Konservativismus der römischen Kurie nicht zufrieden. Also doch Revoluzzer, Wilbich machte auf einem zweiten Bogen eine kurze Notiz. Wahrschinlich würden sie später darüber beraten, ob meine kritische Haltung gegenüber dem römischen Katholizismus nicht staatsgefährdend wäre. Meinrat wies mich nun darauf hin, dass sie mich vorübergehend in Gewahrsam nehmen müssten, sollte ich bis zwölf Uhr nicht alle Fragen beantwortet haben, dann nämlich würden sie bis 14.0 in die Mittagspause gehen und mich bis dahin arretieren. Folgsam gab ich es auf, mit irgendwelchen Entgegnungen zu provozieren, und hoffte, zur Mittagsstunde an der Thaya zurück zu sein. Good will war vonnöten, denn als nächstes erfolgten die ungehörigen

Fragen nach meinen Auslandsreisen und ob ich einmal der kommunistischen Partei angehört hätte. Beide Kommandanten forderten mich nachdrücklich zur Wahrheit und nichts als der Wahrheit auf, man würde meine Angaben überprüfen, das sei in Zeiten des Internets in einer Minute geschehen. Als ich anmerkte, die Herren seien offensichtlich Meister im Googeln und verdienten meinen Respekt, sahen sie mich unverständig an, offensichtlich war ihnen Google unbekannt. Natürlich schwieg ich mich über die Unkenntnisse der Amtsträger sorgsam aus, um bald auf freien Fuß gesetzt zu werden, beflissen unterstützte ich die Herrn beim Ausfüllen altgedienter Formulare. Die Fragen wurden gegen zwölf hin immer abstruser, wir waren gerade dabei angelangt, welche Schulbildung denn meine Eltern gehabt hätten und ob meine Exfrau einen Kinderwusch gehabt hätte. Die letzte Frage betraf schließlich meinen Lebenswandel und konzentrierte sich auf die Frage, ob ich schon einmal Inzucht betrieben hätte. Nachdem die Herren ihre Mappen schweißbeperlt zugeklappt hatten, was unter anderem auch vom Aufbehalten der Uniformkappen herrührte, wagte ich doch noch die Frage, was denn nun wirklich die Inzuchtsfrage mit dem Verschwinden Hirnbachs zu tun haben könne. Ich möge doch nun nicht zuletzt renitent werden und froh darüber sein, dass man bisher keine belastenden Indizien gegen mich gefunden habe. Ob ich mich denn nicht wenigstens dafür entschuldigen wolle, mich so respektlos über den ehrwürdigen Verstorbenen geäußert zu haben. Es heiße noch immer mit ordentlicher Anrede Herr Hirnbach, und dieser national engagierte Österreicher brauche sich nicht von einem Sozialschmarotzer wie mir herabwürdigen lassen. Noch zwei Reaktionäre, die auf die gewalttätige Moralisierung durch Hirnbach gehofft hatten, dachte ich, verkniff mir aber jede Diskussion, nur Schorsch, den Verräter, würde ich mir noch vorknöpfen. Eine Minute vor zwölf wurde ich aus dem Verhör entlassen, die letzten drei Fragen waren sich nicht mehr ausgegangen, vermutlich würden die Kommandanten Meinrat und Wilbich in die vorgesehenen Felder etwas Beliebiges hinein kritzeln.

Vorerst war ich froh, der räumlichen und geistigen Enge der Polizeistube entgangen zu sein. Wahrscheinlich würde man warten, bis die beiden Inspektoren in Pension gehen könnten, um dann die etwas antiquarische Dienststelle ersatzlos zu schließen. Den beiden war anzumerken, dass sie lieber noch Gendarmerie-Inspektoren geblieben wären, als die sicherheitstechnischen Fusionen der aktuellen Gesellschaftentwicklungen mitzumachen. Dass ich nun schon beinahe 48 Stunden kein Wörtchen von Lolli zugesandt bekommen hatte, irritierte mich gewaltig. Ich nahm mir vor, sollte sie verschollen bleiben, einen Anruf bei ihrem Waffenhändler-Gatten zu wagen. Da ich nichts weiter tun konnte und ich keine Kraft spürte, Textarbeit zu betreiben, begab ich mich an den hoteleigenen Thayastrand. Vielleicht würde ein politischer Roman endlich die Publikation sein, die mir den Durchbruch bringen würde, phantasierte ich vor mich hin. Endlich hat dieser Cordi seine seichten Mädchengeschichten ad acta gelegt und stellt sich der Herausforderung, ein brisantes Thema zu entwickeln, hörte ich die Kritiker summen. Hundinger würde wahrscheinlich versuchen, den Level der Differenzierung zu bemängeln, die Ausprägung der Figuren als zu schablonenhaft zu missbilligen, das war seine Rezensionsschablone, die er Woche für Woche ohne Rücksicht auf die Unterschiedlichkeit der Texte ablieferte. Als ich mich den Holzpritschen näherte, drehte sich die neu angekommene Schöne zu mir her, sie war völlig nackt, und sie begrüßte mich mit einem Nicken. Strom schön, sagte sie und präsentierte mir ungeniert die Fülle ihrer Brüste. Ich wagte nicht den Blick weiter zu senken, obwohl mir gleich klar war, das auch dieser Blick sie nicht in Verlegenheit bringen würde. Der Strom ist sehr schön, antwortete ich, und blieb nicht nur an ihren Augen haften. Schwimmen beide, sagte sie, und ich begann zu überlegen, ob ihr eingeschränktes Reden einer geistigen Behinderung entspränge. Können Sie nicht richtig sprechen. Etwas wie ein Lächeln huschte über das schöne Gesicht, ich doch sprechen, erklärte sie. Dann stand sie auf und nahm mich bei der Hand. Wir schwimmen, sagte sie. Ich Angela. Ich Humbert. Recht rasch schien ich mich dem Code der Schönen anzupassen. Hose weg, sage sie und deutete auf meine Badehose. Die Hose ist doch hier, entgegnete ich. Du aus, sagte sie, und ich wusste, was Angela, aus welchem Grund auch, von mir wollte. Mit einer flüchtigen Bewegung vergewisserte ich mich, dass nichts Aufragendes hervorschnellen und mich beschämen würde. Kaum war ich aber entblößt, reichte ein Schritt der Schönen aus, um mich doch in vorspringende Erregung zu versetzen. Angela sah mir in die Augen, und wieder blitzte eine Andeutung von Lächeln über ihr Gesicht. Glied gut, sagte sie und ließ mir damit das Blut erst recht in die Wangen schießen. Sie zog mich zur Leiter in den Strom hin, und bevor ich mich versah, fand ich mich mit der neuen Begleiterin im Thayastrom schwimmend. Ich konnte bereits anfangen, mir für die Morgenkonversation mit Franz Flößer Repliken auszudenken, dieses Ereignis würde ihm, auf welche Weise auch immer, zugetragen werden. Die Dame war gut durchtrainiert, was ich ihrem schlanken Körper entsprechend vermutet hatte. Ihrer nach wie vor kargen Konversation konnte ich entnehmen, dass sie ebenfalls im Hotel wohne und vorher auf dem Campus gewohnt hätte. Erst das Wort Campus hatte mein Blut wieder in die Bangigkeit um Lolli zurückversetzt, dafür jetzt umso schlimmer und mit schlechtem Gewissen.

Von Lolli blieb jedes Wort aus, was sowohl schmerzte als auch schlimm ängstigte. Obwohl ich spürte, ich würde keine befriedigende Auskunft erhalten, wählte ich die Telefonnummer von Alfons Mendor. Ob ich denn in das Komplott gegen ihn involviert sei, fuhr mich Mendor an. Das halbe Leben habe er die gnädige Dame mit all ihren Eskapaden ausgehalten, nun hätte sie sich mit einem Schlag gegen ihn gestellt, diesen Undank würde er ihr nie verzeihen, nicht nur verlassen hätte sie ihn, nein, auch erpressen würde sie ihn, sie habe ihm angedroht, ihr Wissen über ihn und seine kommerziellen Verwicklungen an die Staatspolizei weiterzuleiten, sollte er nur die geringste Auskunft über sie an die Polizei geben. Ob er denn wisse, wohin sie verschwunden sei, versuchte ich dazwischen zu erfragen, da hatte mich Mendor bereits wütend weggeschaltet. Er schien über den Aufenthalt Lollis nicht Bescheid zu wissen, und sollte er etwas erfahren, würde er wohl mich als Letzten informieren. Ich war noch damit beschäftigt, aus dem Gehörten zu irgendwelchen Schlüssen zu gelangen, da meldete sich Mendor wieder: Wenn ich in das Komplott gegen ihn verwickelt wäre, würde er mich mit einem Kopfschuss eliminieren. Das Gleiche gälte für Lolli, sobald sie ihm nicht mehr schaden könne. Sie habe ihm damit gedroht, kompromittierende Dokumente, die sie hinterlegt hätte, gegen ihn zu verwenden. In Geschäftskreisen wisse man, was Verlässlichkeit und Bündnistreue bedeute, aber auch wie mit Treulosigkeit umzugehen sei, nämlich mit Exekution. Seit Jahren würden ihn linke Politiker vor die Gerichte zu bringen versuchen und seien kläglich gescheitert. Wieder hatte Mendor aufgelegt, bevor ich ihm antworten konnte. Vom Schrecken der Gewissheit gelähmt, saß ich bewegungslos da. Meine Hoffnung, Lolli hätte vielleicht Hirnbach gar nicht getötet, war haltlos geworden. Sie war mit großer Wahrscheinlichkeit der Aufgabe, die sie mir schon öfters auseinandergesetzt hatte, nachgekommen. Vermutlich wollte Lolli sich durch ihre Kommunikationslosigkeit vor Verfolgung schützen, sowohl vor der staatlichen als auch vor der durch Pugna pro Natione, vermutlich war meine Liebe bereits ins Ausland abgereist, aber wohin. Das sollte ich erspüren können, verlangte ich von mir selber, dem Geliebten müsste es möglich sein, das

Land einer Emigration intuitiv zu orten. Als dieses grübelnde Erspüren vorerst erfolglos geblieben war, ging ich los, um alle Zeitungsberichte über den Mord an Hirnbach zu durchforsten. Vielleicht würde mich das bei meinen Überlegungen zu irgendeinem Ergebnis bringen. In der Boulevardzeitung Österreich schrieb man, es fehle jede Spur von der terroristischen Islamistin. Es gäbe auch keine Erklärung dafür, dass sich die Täterin nicht selber getötet hätte, dies wäre nämlich die beliebteste Form des islamistischen Terrors. Die Attentäter wären nämlich der Meinung, auf diese Weise direkt in den Himmel katapultiert zu werden. Die Gratiszeitung von Thayaegg Wir verlautete, eine Großfamilie trauere um ihren Papst und meinte damit PPN. Man hatte seitenweise Photos von Tränenfluten weinenden Vereinsmitgliedern abgelichtet. Die heulenden jungen Männer waren durchaus attraktiv und bekleideten zumeist die Ränge von Marschallen. Neben diesen Jungmännern würden vor allem blonde Bäuerinnen sich halbtot weinen, weil Hirnbach ihnen Auszeichnungen für besonders reinrassige Fruchtbarkeit in Aussicht gestellt hätte. Außer den doch sehr boulvardesken Blättern war in Thayaegg keine Zeitung zu bekommen. Allerdings hatte ich immerhin so viel über den Tathergang nachlesen können, dass ich mir ein konkreteres Bild des Geschehens machen konnte. Heinrich Hirnbach war nicht erschossen worden, sondern ein Nadelstich war ihm von hinten ins Lebenszentrum am Nacken zugefügt worden. Eine sehr lautlose Methode, um jemanden ins Jenseits zu befördern. Außerdem schien erwiesen zu sein, dass Hirnbach mit seiner Mörderin vor dem Mord Geschlechtsverkehr gehabt hatte. Unsicherheit darüber, ob nun wirklich Lolli die Täterin war, befiel mich: Ich traute ihr zwar den Geschlechtsverkehr zu, aber ich vermochte sie mir schwer als Spezialistin für tödliche Nadelstiche vorzustellen, sie hatte diese Art von Spezialwissen nie auch nur andeutungsweise erwähnt. Sollte sie aber die Täterin sein, hatte sie durch den

Geschlechtsakt ausgiebig ihre DNA hinterlassen und somit einen weiteren guten Grund zum Abtauchen.

Warum Lolli mir kein einziges Wort der Beruhigung zukommen ließ, war mir immer weniger nachvollziehbar, ich begann sie innerlich der Treulosigkeit zu bezichtigen. So wählte ich die Nummer von Beno, der gewiss Erfahrenste, was Verlassenwerden anging. Da ich schon einige Tage nicht von ihm kontaktiert worden war, hoffte ich, sein eigener Leidensdruck wäre im Augenblick minimal und meine Chance auf eigenes Erzählen damit gegeben. Lieber Beno, begann ich daher, ohne ihm eine Pause zum Start einer Lamentation zu lassen, verstehst du, warum Frauen es zustande bringen, sich so entschieden abzuwenden, obwohl sie doch einmal deine Liebeswärme geatmet haben. Schreibst du nun doch wieder von Liebesleidenschaft, antwortete Beno völlig irritiert. Hat sich dein Fricke vielleicht in eine seiner blutjungen Autorinnen verliebt und fährt nun wieder die Sex-sells-line. Lieber Beno, versuchte ich es noch einmal, ich rede nicht über literarische Belange, ich rede über den Verlust meiner Geliebten. Damit konnte ich aber Benos Verwirrung keinesfalls beseitigen. Seit wann redest du über leibhaftiges Leben, überlegte er vielmehr laut. Und seit wann hast du eine Geliebte, fügte er hinzu, du hast doch gar nichts von ihr erzählt. Du hast mich auch schon Monate nicht mehr zu Wort kommen lassen, hätte ich erwidern können, wiederholte aber nur meine Frage nach dieser so emotionslos wirkenden Konsequenz der Frauen. Ach, das ist einfach, antwortete mein Freund lakonisch, als würde er nicht schon das dritte Jahr an seiner Trennung von Magdalena leiden. Rein ethologisch gesehen sind die Weibchen für die Aufzucht der Nachkommen zuständig, so brauchen sie geordnete Verhältnisse viel notwendiger als die Männchen, die ihren Samen so weit als möglich verbreiten wollen. Natürlich nützte einer meiner besten Freunde die Pause, in der ich mich damit abzufinden versuchte, dass unser Dasein in Beziehungen auch schmerzlichen ethologischen Fakten unterworfen sei, aus. Ohne Zwischensatz war er auf den Status seines eigenen Leidens umgeschwenkt, sein Leidensmonolog war aber dieses Mal vergleichsweise mild: Nur einmal pro Woche nage noch der Schmerz über Magdalenas Abrücken an ihm, aber darüber komme er durch das Verfassen zynischer Balladen ganz locker hinweg. Ohne von mir ermuntert worden zu sein, begann er mir gleich eine Strophe seines neuen Songs Ausquartiert vorzusingen:

Du hast mi ausquartiert aus deiner Haut
Du hast dem Wahnsinnsgfühl dort nimmer traut
Du bist dann ganga ganz ungeniert
hast unsere Liebe zur Affäre degradiert.

Klingt recht rockig nach Wut und Rache, wenn du das mit verzerrten Gitarren einspielst, kannst du beim Frequency auftreten, kommentierte ich, natürlich beim Austropop-Frequency. Beno stockte eine Sekunde, dann gab er mir einen Rat aus eigener Erfahrung: Pass auf, dass du kein Zyniker wirst. Wenn man verliebt ist, ist man sicher, ganz mit der Geliebten eins zu sein, und die sonst so augenfälligen Differenzen zwischen der männlichen und weiblichen Psyche scheinen ausgelöscht. Sobald man ins gewöhnliche Tageslicht zurückkehrt, schmerzt es umso mehr, wenn die Polarität zwischen Mann und Frau wieder aufkommt. Es trat der seltene Moment ein, dass sich Beno und ich in Übereinstimmung trennten. Dennoch ließ ich nicht davon ab, alle fünf Minuten mein Handy auf Botschaften von Lolli zu überprüfen. Es war wohl Teil ihres Tatplanes, gänzlich zu verschwinden und auch mir, ihrem Geliebten, entschwunden zu sein. Auch wenn sich das grausam anfühlte, war es konsequent. Das Leben konfrontiert in wiederkehrenden Abständen mit der Unabänderlichkeit des Faktischen, ohne irgendwelche Rücksicht auf unsere Befindlichkeiten. Um weiterem Grübeln zu entgehen, stieg ich in die Badehose und stürzte auf den Thaya-Strom los.

Franz Flößer trat mir am Ausgang in den Weg. Er danke mir herzlichst, dass ich heute wieder bekleidete wäre und zumindest das Interieur des Hotels nicht zum Nudistencamp degradieren würde. Das nächste Mal würde er allerdings die Postenkommandantur von Thayaegg einschalten, damit sein renommiertes Hotel nicht zum Areal für anzügliche Freikörperkultur verkomme. Jedenfalls bediente sich mein altbekannter Hotelier nun wieder einer elaborierten Sprache, die Drohung war für meinen Geschmack äußerst unangebracht. Nur allmählich begriff ich, dass sich seine Attacke auf mein Nacktschwimmen mit Angela am Vortag bezog. Flößer eilte mit geheuchelter Entrüstung davon, in Wirklichkeit wäre er nur gerne zugegen gewesen. Als ich mich zur Sonne drehte, stand die schöne Angela aufrecht auf den Holzpritschen am Strand, präsentierte dem Strom ihre bewundernswerte Vorderseite, den Gästen auf der Wiese ihre wunderbare Rückseite. In der Mitte des Tages ihre Haut noch lichter als das mir vom vergangenen Abend erinnerliche Leuchten. Du denken, verlautete Angela und traf punktgenau, obwohl sie das Erfasste nur mit Zweiwort-Sätzen zur Sprache bringen konnte. Du lange sonnen und schwimmen, antwortete ich in einem für mich korrespondierenden Code. Du Freund, erklärte mir nun Angela, wobei sie noch immer ihre Rückseite präsentierte. Vielleicht würde ich mich durch Kontakt zu dieser auffälligen Frau gefährden, dachte ich etwas bange, schließlich war sie auf dem Campus gewesen. Dabei konnte ich nicht einmal abschätzen, was mir von den Pugnatoren schon allein durch meine Beziehung zu Lolli drohte. Ich riss mein Handy hoch, noch immer kein Wort von meiner Liebsten. Dass mit Angela irgendetwas Abnormales im Campus geschehen sein musste, lag auf der Hand. So vollkommen sie auf der einen Seite erstrahlte, so deutlich trug sie eine psychische Verstörung mit sich. Wegen der offensichtlich eingeschränkten Kommunikation war diese Verstörung aber nicht zu thematisieren. Mit einem sehr eleganten Kopfsprung verschwand die Schöne im Thayawasser, der Sommer legte sich mir heiß an die Wangen. Als sie wieder auftauchte, wandte die Leibvollendete sich mir frontal zu und heftete die Augen auf mich. Himmel heben, sagte sie und näherte sich, Himmel licht, du Himmellicht, ihre Zweiwortsätze versuchten mich auf etwas Himmlisches, was immer sie auch darunter verstehen mochte, hinzuweisen. Ihrem Denken vermochte ich nur intuitiv zu folgen, die leibliche Annäherung verunsicherte mich. Zunächst sagte sie nur im Ton einer Dreijährigen Schade Hose, als sie gemerkt hatte, dass ich nicht unbekleidet wie sie in den Strom gestiegen war. Sie schien über meine mangelnde Lernfähigkeit ein wenig zu schmollen. Dann hellte sich ihr Gesicht auf und sie zog mir unter der Wasseroberfläche die Hose aus. Ich spürte ihre vorragenden Brustspitzen, sie fing mich in einer weichen Umarmung ein und nur eine Minute später drückte sie sich mein Glied in den Leib. Moment, sagte ich und dachte daran, mich zumindest zu schützen oder zu verhüten und nicht zuletzt Lolli treu zu bleiben. Angela merkte meine Besorgtheit und überschüttete mich mit Zweiwort-Botschaften, die mir die Ängste austreiben sollten: Kein Kind, sagt sie und Ich gesund und noch einmal Himmel heben und Dich in Himmel heben. Meine Erregung war inzwischen so gewachsen, dass mein Denken über erotische Treue aussetzte. Was nun folgte, ist schwer zu erzählen, weil es eher in ein galaktisches Comics passen würde als in diese Geschichte. Wir rieben uns an- und ineinander, in uns schienen zwei Kugelblitze ihren Spaß zu haben, wir rotierten vielleicht zwanzig Minuten in einem vielfach verschlungenen und von mir unkontrollierbaren Tanz. Ob jemand am Ufer unser für andere anstößiges Treiben mitbekommen würde, war ausgeklammert. Nach einer halben Stunde etwa verebbte diese energetische Ausnahmesituation, auf dem Rücken liegend trieben wir auseinander, überließen uns der Wasserströmung, die uns auf der Thaya schweben ließ. Ich fühlte den großen Raum in mir, in den wir gestellt sind, der mir schon manchmal aufgeleuchtet war. Als ich endlich am Ufer landete, war Angela bereits aus dem Blickfeld verschwunden. Sie hatte Recht, es hätte keinen Sinn gemacht, das Ereignis zu thematisieren. Mit Himmel heben hatte Angela schon alles ausgesprochen, was gesagt werden konnte.

Unbehelligt von Flößer war ich aufs Zimmer gekommen. Ich wusste nicht, ob das eben im Fluss Erlebte Lolli zu gestehen wäre, aber ich wusste ja nicht einmal, ob ich jemals wieder der nach wie vor Verschollenen etwas erzählen würde. Meine Traurigkeit wurde durch ein plötzlich aufscheinendes SMS in Nichts aufgelöst: Von einer mir unbekannten italienischen Nummer fand ich plötzlich ein klares Lebenszeichen von Lolli vor mir: Veni Roma, S. Domenico 50, stand da. Auch wenn die Mitteilung wohl aus Vorsicht minimalistisch war, bedeutete sie für mich unmissverständlich, Lolli schickte nach mir, vielleicht würde sie Hilfe benötigen. Ich aktivierte rasch das hoteleigene Internet, um den nächstmöglichen Flug nach Rom zu buchen. Für eine Minute meldeten sich die Schuldgefühle zurück: Morgen schon würde ich Lolli in die Arme schließen und ihr gestehen müssen, dass ich mit einem galaktischen Mädchen Verkehr gehabt hätte. Ja, ja, würde sie sagen, natürlich hattest du wieder etwas Galaktisches, dem Übernatürlichen können sich die Männer nicht entziehen, zumeist sind es vollbusige Engel, von denen sie zum Sex gezwungen werden. Im Fernsehen übertrug man eben das Begräbnis von Heinrich Hirnbach. Der österreichische Bundeskanzler hatte nicht gewagt, in eigener Person aufzutreten, aber man hatte einen Staatssekretär abgestellt, um vielleicht ein paar Wählerstimmen mehr aus dem rechten Lager zu lukrieren. Staatsbegräbnis scheute man sich zu bewilligen, aber der Landeshauptmann war einverstanden, ein Prominentengrab auf dem Friedhof von St. Pölten freizugeben. Obwohl er der zweiten Großpartei

Österreichs angehörte, bemühte er sich in gleicher Weise wie sein Kanzlerkollege um Stimmen aus dem rechten Wählerlager. Dümmlich dreinblickende Marschalle der Pugnatoren schluchzten heftig und benässten ihre Paradeuniformen mit Tränenströmen. Nach der Beerdigung wurde die Berichterstattung ins Stundenhotel, dem denkwürdigen Ort der Tragödie, verlagert. Dort waren einige blonde Bäuerinnen aus dem Waldviertel und blauäugige Herrenmenschen, allesamt fanatische Verehrer des Verstorbenen, zu sehen. Das Stundenhotel würde zum Wallfahrtsort für Hirnbachjünger aufsteigen. Nach erstem Zögern würde sich der Direktor entschließen, sein Haus zur monumentalen Gedenkstätte für Hirnbach umzurüsten, im Zimmer des Geschehens würde er einen Altar mit dem Bild des Ermordeten aufbauen. Noch zehn Jahre später würden unverbesserliche Rechtsradikale goldene Lorbeerkränze davor ablegen.

Die Ereignisse überstürzten sich an diesem Abend, weil Beno mir ein SMS schickte, er würde heute im Schloss Thayaegg mit seiner Band aushilfsweise auftreten. Das wäre eine Gelegenheit für ein spontanes Treffen.

Nachdem ich also meinen Koffer für die Reise ins Ungewisse gepackte hatte, begab ich mich am späteren Abend noch nach Hochthayaegg hinauf. August Thalers Botschaft war deutlich bei mir angekommen: Ja, du bist geheilt, hatte er versichert, dieses Mal habe ich dich dem Dunklen, von dem du bedrängt warst, entzogen. Beno sang und spielte seine neusten Balladen mit Bravour, der Gestus seines Vortrages war um vieles berührender als zuvor. Seine Ausdruckskraft fesselnd, präzis die Wort ein den Raum gesetzt. Beinahe noch faszinierender trug er seine Improvisationen vor, als würde sich ein eleganter Tänzer zu den schönstmöglichen Melodielinien bewegen. Noten schien er sowohl sich als auch der begleitenden Combo untersagt zu haben. Weit geöffnet füreinander präsentierte das Quartett sein Programm dem aufmerksamen Zuhörer. Das neueste Lied Benos allerdings ließ mich einiges an Selbstmitleid befürchten. Möglicher Weise war mein Freund doch wieder in eine tiefere Phase des Liebesleides geraten. Er winselte nämlich Bleib bei mir ins Mikrophon und obwohl während der Zwischenstrophen klar wird, dass das angeflehte Objekt der Begierde an einen anderen vergeben ist, lässt das lyrische Ich nicht davon ab, neue Liebe zu erflehen. Nur keine Angst, lachte Beno, als wir später beim Bier zusammen saßen, mir ist inzwischen bewusst, dass dir mein Liebesjammer oft auf den Nerv gegangen ist. Er warf mir ein Büchlein auf den Tisch, das Schieflage hieß und gesammelte Satiren von Humbert Cordi enthielt. Das habe ich gestern erstanden, erzählte Beno, und gleich kapiert, warum du mir noch kein Exemplar überreicht hast. Für den Spaß mit dem wehleidig Verliebten bin ich nämlich Modell gestanden, ohne um Einwilligung gefragt worden zu sein. Beno griff unvermutet über den Tisch, kniff mich in die Nase und erklärte: Aber ich verzeih dir, die Satire ist zum Totlachen, und dass wir Männer wehleidige Trottel sind, ist geschlechtsspezifisch. Wie geht's dir denn mit deiner entflohenen Dame. Für einen Moment war ich sprachlos, einer meiner besten Freunde schien sich für meine Befindlichkeit zu interessieren. Ich atmete wegen des Pardons für meine Satire auf und berichtete, dass ich beste Neuigkeiten hätte und morgen in Rom Lolli treffen würde. Ich weiß nicht, ob ich dir eine langdauernde Beziehung wünschen soll, erklärte Beno. Wir Dichter vertragen es nicht, wenn uns nichts übrig bleibt, als uns in einen geregelten Alltag zu schicken. Das bedeutet nämlich Bescheidung in die Gewöhnlichkeit. Wir verzeihen den Frauen nicht, wenn sie nicht zu fliegen vermögen. Beno küsste mich auf beide Wangen und schickte mich in den vor der Romreise notwendigen Erholungsschlaf. Als hätte der Filmvorführer einen neue Spule in seinen Projektor eingelegt, begann sich Beno um mich zu kümmern. Mit zunehmendem Alter werden die Männer, wenn sie genug erotischen oder politischen Unfug getrieben, mitunter menschlich. Und pack dir genug Wäsche ein, fügte er noch hinzu, Rom und auch die Geliebten lassen einen nicht mehr los. Beinahe bis zum Morgen wälzte ich Benos überraschende Wendungen mit mir im Bett herum. In einem Belang dachte ich anders: Ich würde Ja zu einem ganz gewöhnlichen Leben an Lollis Seite sagen.

   Che cosa vuoi, Bello, fragte die Donna in der Bar am Flughafen. Solche netten Anreden allein wären ein Grund, öfter nach bella Italia zu verreisen. Der kräftige Capuccino belebte mich nach dem langen Warten, sodass ich mir zutraute, Lolli auf dem Aventin, wo sich meines Wissens die Via S. Domenico befand, aufzuspüren. Grazie, Bella, sagte ich daher beim Zahlen, mille grazie antwortete die tatsächlich hübsche Kellnerin, ohne mir ein Bello retour zu geben. Für zwanzig Euro landete ich nach einer hochpreisigen Taxifahrt auf dem Aventin. Lolli war da, sah mich an, nahm mich bei den Händen, ich streifte mir die Schuhe von den Füßen. Ich wollte zu fragen beginnen, Lolli verschloss mir mit allen fünf Fingern den Mund. Dieses Mal wirst du Hände und Füße benötigen, um meine Fragen abzudämpfen. Ich erzähle später, Caro, flüsterte sie, du brauchst sicher ein Bad, ergänzte sie und zog mich zur Badewanne hin. Ohne innezuhalten, barg sie mich an sich, während das Wasser in die Wanne einlief. Ein wenig später versanken wir darin, ich spürte die Last des Geschehenen vorübergehend von uns abgleiten. Ich hätte dich in jedem Fall kommen lassen, warum bist du immer so ungeduldig, beteuerte meine Schöne. Nun war kein Grund zur Eile, unsere Körper hatten einander wiedererkannt und strömten im Wasser aufeinander zu. Zärtlich umschloss mich meine Liebe mit ihrem unteren und oberen Leib. Wir sind nun ineinander eingeschlossen, verloren ist das Schlüsselein, du musst immer drinnen sein, blubberte ich ins Badewasser. Sagte die Nonne, ergänzt Lolli grinsend, womit sie nur literaturgeschicht lich recht hatte. Uns blieb bald nicht mehr viel Atem für Wortlust. Während Lolli unter die Dusche getreten war, trat ich hinaus auf den kleinen Balkon, der sich auf einen Palmengarten hin öffnete. Du bleibst offensichtlich deinem feudalen Lebensstil treu, lästerte ich. Lolli hatte mich in der Duschkabine nicht gehört, sie ging ganz darin auf, ihren nicht mehr ganz jungen, aber wunderbaren Leib einzuseifen. Ihr Schönsein anzuschauen, zog ich bald dem Ausblick in den schönen Garten vor.

Im Garten des Hotelrestaurants gelang es mir dann doch, mehr über die harten Realitäten zu erfahren. Murakami hat mich auf die Idee gebracht, die Tötung mit dem Stich ins Lebenszentrum durchzuführen, berichtete Lolli. Die Beschreibung in IQ88 ist frappierend präzise, die anatomische Fachliteratur dazu völlig gleichlautend, erklärte sie. Meine Pistole hätte nur eine Sauerei angerichtet und zu viele Spuren hinterlassen. Ich war also bereit, als sich dieser Hirnbach ein Date mit mir ausmachte. Und mich hast du bei deinem Köfferchen Wache halten lassen, du raffiniertes Frauenzimmer, warf ich ein. Mit der Mitteilung, niemand wüsste, wo wir uns befänden, hatte er sein eigenes Todesurteil gesprochen, erzählte Lolli weiter. Sexualität außerhalb der germanoromanischen Familienplanung würde er nämlich ablehnen, begann er zu dozieren, während er die Hose auszog. Denn natürlich wäre eine rigide Sexualmoral des Gens Romanogermaniae oberste Maxime für die Erneuerung eines Populus sanus. Offenbar hatte Hirnbach aus seinem miesen ideologischen Schmöker zu zitieren begonnen, nebenher begann er zu masturbieren. Die Stunde bis zur letalen Aktion überspringe ich, jedenfalls hast du keine Vorstellung davon, wie impotent ein Faschist sein kann. Ich muss dir gestehen, ich hatte schon einmal mit einem rechtslastigen Geschäftspartner von Mendor zuvor Verkehr. Und ich muss auch zugeben, es war reine Neugier gewesen, ich wollte sehen, wie sich jemand, der sonst so forsch auftritt, im Bett gebärdet: Das Ergebnis war erbärmlich. Vielleicht solltest du dir schwule Faschisten abgewöhnen, lästerte ich dazwischen. Lolli verbat sich mein Dazwischenplappern und setzte ihren Bericht fort: Da ich darauf angewiesen war, ihn entspannt arglos auf dem Bett liegen zu haben, musste ich ihm auf irgendeine Art und Weise einen Orgasmus abringen. Ich meine natürlich den der mickrigen, der männlichen Sorte, keinen multiplen ganzkörperlichen, wie ihn Frauen erleben. Danke für den Aufklärungsunterricht, merkte ich an. Für fünf Sekunden Zucken habe ich mich fünfundfünfzig Minuten geschunden. Das Ganze war umso mehr Plage, als ich auf einem Kondom bestanden hatte, um nicht von seinem Auswurf besudelt zu werden. Gott sei Dank bin ich eine ältere, erfahrene Frau und habe mich nicht zum ersten Mal mit einem fast impotenten Mann abgemüht. Und Gott sei Dank habe ich gut trainierte Unterarme, um so beschwerliche Masturbationen voranzutreiben, die Details der oralen Schinderei erspare ich dir besser. Ich musterte Lollis Lippen, ob noch Spuren der Schinderei erkennbar wären. Sie aber war in Fahrt, als hätte sie zu lange darauf gewartet, endlich alles zu erzählen: Sein Schwanz ist jedenfalls so schwach wie sein Hirn, ergänzte sie als etwas derbe Zusammenfassung. Ganz schön agil bist du für eine alte Dame, versuchte ich zu scherzen, konnte aber meine Bedauern über Lollis Fremdgehen nicht gänzlich verbergen. Ihr überbordender Ekel vor dem Unhold und ihre um Verständnis bittenden Augen ließen mich nach einigen Minuten aber wieder zu mir und uns kommen. Bevor ich Weiteres nachfragen konnte, verschloss mir Lolli zuerst mit drei Fingern, dann mit ihrem Mund den meinen. Unsere Spuren sind verwischt, freute sie sich, während sie mich mit ihrer Sinnlichkeit umfing, unsere Spuren verlieren sich im Irgendwo. Verlier dich in mich, antwortete ich, und nenn mich dann bitte nicht Irgendwo oder Nirgendwo. Rasch erfasste uns ein zweites Mal die Welle unseres Liebens, rasch waren wir beide von unserem Liebeswasser durchnässt, zum Glück in einem klimatisierten Hotelzimmer.

Orange, ocker oder sienagelb leuchteten die größtenteils unrestaurierten Mauern, die uns von allen Seiten erstrahlten, ohne die überbordende Farbenvielfalt damit nur irgendwie ausreichend beschreiben zu können. Wie oft werden wir uns noch so ausufernd lieben, fragte ich meine Bella beim Cena im römischen Licht. Lolli sah mich prüfend an, dann grinste sie: Unsere Liebesakte werden eine endliche Zahl sein, wie alles, was in Raum und Zeit gestellt ist, und das willst du nicht wahrhaben, mio Bello. Wau, wau, erwiderte ich. Seit kurzer Zeit erst vermag ich es, jemanden, der mich hübsch nennt, nicht zu korrigieren. Das hat damit zu tun, dass ich in dem Alter, in dem ich vermutlich wirklich attraktiv war, mich als ziemlich hässlich einstufte und in meiner Zurückhaltung viel verstellte, auch beinahe alle Histoires der erotischen Art, erklärte ich weiter. Der vielmeindende Akzent liegt auf beinahe, ätzte meine Liebe. Wir waren inzwischen bei einem Glas Rotwein in der Taverna antica gelandet. Du willst nicht akzeptieren, dass das Leben keine Kinderparty ist, analysierte Lolli weiter, das Leben ist aber nur zwischendurch und höchst selten eine Kinderparty. Könntest du für uns nicht eine längere Kinderparty arrangieren, hakte ich ein. Aber meine Dame beharrte auf dem Ernst ihrer Aussage: Unsere Seelen werden sich in diesen Körpern eines Tages ein letztes Mal umarmt haben, wiederholte sie und sah mir tief in die Augen. Natürlich sterben wir alle, versuchte ich das harte Faktum durch seine Allgemeingültigkeit zu mildern, aber mein Satz war nur Floskel, während Lolli mich drängte, mir unserer Endlichkeit bewusst zu sein. Du könntest dich scheiden lassen, meinte ich später auf dem Rückweg durch die schönen Gassen. Ich bin schon durch meine Lebenstat geschieden, vielleicht schon von allem, antwortete sie, du kannst mich gleich morgen hier in Rom heiraten. Darf man in deinem Alter noch heiraten, versuchte ich ihren anhaltenden Ernst doch noch irgendwie auszuhebeln. Eigentlich ist das ab 50 verboten, grinste sie: Aber es gibt Ausnahmen: Wenn man von einem gewissenlosen Jüngling aufs Kreuz gelegt worden ist, darf man sogar als weiblicher Methusalem heiraten.

Wovon erzählen die vielen Kirchen, fragte mich Lolli, während wir uns durch die Schönheit der Stadt treiben ließen. Einmal erzählen sie von Macht, stellte ich fest und Lolli nickte. Besonders die Patriarchalbasiliken erzählen von der Gewalt der Päpste. Ihre Grabmäler in San Pietro sind nicht wenig aufdringlich, dennoch gelingt es ihnen nicht, den himmlischen Kuppelraum Michelangelos zu dominieren. Ich dirigierte meine Liebe in die Bahn nach San Paolo. Diese riesige Halle wird dich mit ihrer Aura berücken, versprach ich. In San Paolo ist einerseits die institutionelle Kirche mit ihrem Schwert präsent. Entsprechend hirnverbrannter Traditionen lädt der Papst ein, für sich oder einen Verstorbenen durch Beichte, Kommunion und Gebet den Ablass zu erlangen, was doch den Anschein erweckt, man könnte mit unserem Schöpfer dealen. Dem mittelalterlichen Bild des fortwährend beleidigten Königs entspricht auch Paulus mit einem riesigen Schwert im Hof von San Paolo. In Wirklichkeit hatte Paulus das Schwert abgelegt, als ihm Christus erschienen war. Auf der anderen Seite wird dich der weitgedehnte Kirchenraum von San Paolo mit seinen Dimensionen berücken. Wir betrachteten die Goldmosaike und ihre heiligen Figuren, die uns mit ihrem glanzvollen Licht aufhellten. Am Ausgang griffen wir nach einem Osservatore Romano in deutscher Sprache und versuchten einer Diskussion über die ideale Konsistenz von Oblaten zu folgen. Wenn du einmal gar keine Publikationsmöglichkeit mehr findest, wäre der Osservatore doch eine Option, merkte Lolli an. Du könntest über die Immoralität der älteren Damen, die du so gewissenlos verführst, einen Essay verfassen, über die Verführungen durch die Urmutter Eva lesen eingeschworene Katholiken leidenschaftlich gern Abhandlungen. Ich stehe dir für weitere Sexualsitzungen zur genaueren Analyse zur Verfügung. Das Angebot kann ich kaum ausschlagen, gab ich zurück. Der Osservatore turnt dich offensichtlich an, grinste meine Liebe.

Innerhalb weniger Tage hatten wir beinahe vergessen, welche Übel uns nach Rom verschlagen hatten. In welches Licht vermögen wir noch aufzusteigen, wenn wir das römische Licht verlassen müssen, fragte ich. Nach welchem Licht fragst du denn, antwortete Lolli. Genügt es dir nicht, zuzusehen, wie ausgelassen unsere Liebesseelen es miteinander treiben. In welchen Raum hinein wird man geöffnet, wie weit und warum bleibt man doch in sich und getrennt, überlegten wir. In dieses Sinnieren hinein schrillte mein Handy. Liebe, ich muss abheben, bedauerte ich, mein Konto ist beinahe geleert, vielleicht will Fricke wegen des neuen Buches mit mir reden. Hallo Humbert, du musst unbedingt dein Gedicht bei Youtube aufrufen, meldete sich Beno, und die Zahl der Klicks bestaunen, mehr sage ich nicht. Gut dachte ich und brachte und stammelte überrascht ein Merci. Wir brauchen mehr Texte dieser Art, vielleicht gewinnst du auf diesem Weg einen respektablen Marktwert. Wie sich später herausstellte, war das Gedicht Tränen innerhalb von zwei Wochen auf tausend Klick hinauf geschnellt, was für einen international unbekannten Autor rekordverdächtig ist. Während Lolli sich im Bett räkelte, war ich am Laptop verblieben, um noch am selben Tag ein zweites Gedicht zur Publikation im Internet freizugeben.

> Signiert
> Im Rosenzimmer finden wir
> unter Lustern und Blumen-
> Tapeten traumselig Aussicht
> mit geschlossenen Augen
> ins Liebeswasser sinkend
> über dem weißen Feld
> Tagessorgen verreibend

und den Blick ineinander
wagen wie nie gewagt
nach Stunden ein Schritt
zuletzt auf der Straße im Tritt
signiert gehe ich von dir
dein Wasser dein Weiß
eingeschmolzen mir.

Beno wird mehrere Gedichte unter dem Titel Liebeslyrik mit Musik im Netz publizieren, erklärte ich Lolli, die schließlich doch neugierig geworden hinter mich getreten war. Da die meisten Menschen keine Liebesgedichte verfassen können, brauchen sie Sites, wo sie romantische Worte klauen können. Frauen sind nämlich äußerst empfänglich für Liebesraspeln, hast du das nicht gewusst. Natürlich weiß ich darüber Bescheid, ich bin ja selber Opfer eines Schnulzendichters geworden, antwortete Lolli. Und nun verblöde ich hier in Rom unter der Himmelshitze, der Leibeshitze und bei der Lektüre des Osservatore.

Als wir am nächsten Morgen in den Tag blinzelten, sah Lolli etwas blass aus. Lieben wir uns zu viele Nachtstunden lang, fragte ich besorgt. Sie gab mir, liebevoll tadelnd, einen Klaps. Hast du Angst, dass deine alte Dame zusammenklappt, weil wir uns jede Nacht im Liebeswasser baden. Unsere beinahe mystischen Exzesse halten uns doch in Schwung, scherzte sie. Erzähl mir von deiner Exfrau und warum du sie nie mehrmals in euren Liebesnächten befriedigt hast, du Schwächling. Nun, meistens begann sie nach fünf Minuten Verkehr vom Tag und ihren Vorhaben für den nächsten zu plaudern, erklärte ich. Natürlich kamen ihr dabei verschiedene Einkaufsmöglichkeiten in den Sinn, so stand sie meist nach fünfzehn Minuten auf, um sich Notizen für die nächste Schnäppchenjagd zu machen. Bis dahin hatten sie und ich aber zumeist den ersten Orgasmus wie nebenbei abgehakt, denn darum kümmerte sie sich ganz pragmatisch, notfalls mit kräftigem Zupacken. Oh, eine Handwerkerin also, nicht nur eine Händlerin, kommentierte Lolli. Das nächste Kapitel wäre dann das unglückselige mit der Porzellangiraffe. Wiederum fiel mir auf, wie blass Lolli aussah, und ich unterbrach mein anekdotisches Erzählen. Hör nun auf, bat mich Lolli allmählich ärgerlich, es geht mir gut. Sie stand auf und lehnte sich in ihrer schönen Nacktheit an unsere Balkontür. Ich glaube, du hättest Siesta mit Magdalena nicht zweimal lesen sollen, du lässt dir von Benos Romgeschichte Angst machen. Lolli spielte auf die Novelle an, die Beno ergänzend zu seinen Liebesballaden verfasst hatte. Du hast aber genauso elend wie die Protagonistin vor ihrem Zusammenbruch ausgesehen, wandte ich ein. Wenn wir Pech haben, bekommt Beno einen Rückfall ins Liebesleid und kreuzt hier auf, um Gedenkkerzchen auf dem mysteriösen Colle della Poesia aufzustellen, lästerte Lolli. Ich war vorerst beruhigt, meine Liebste gab mit alter Lust und Laune Ätzendes von sich, sie schien wohlauf zu sein. Va bene, sagte ich daher erleichtert, prendiamo la colazzione.

Am Nachmittag dieses Tages ging ich in den Chat mit Leo. Ich bat ihn um die aktuellen Nachrichten darüber, was mit Hirnbach und dessen vaterloser Partei vonstatten ginge. Der Stand der Dinge: Bereits zwei Tage nach dem Begräbnis des grün bekappten Führers hätten die Marschälle der Pugnatores sich in Klausur begeben und nach wenigen Stunden verlauten lassen: Habemus Papam. Alles was man über den neuen Mann wisse, sei, dass er Ditrich Kuder heiße, vielleicht etwas zu dick für eine faschistische Bewegung sei, im Übrigen alle narzisstischen Grundgegebenheiten für einen Naziidioten mitbringe. So hätte er als erste Großtat den Führerkult ausgebaut. Alle Pugnatoren müssten den Führer der Nationalbewegung, eben ihn, Ditrich Kuder, als eine Gottheit verehren. Die entsprechenden Tempel zu entwerfen hatte er bereits in Auftrag gegeben. Auf dem Campus wäre innerhalb der nächsten zwei Monate zumindest ein provisorischer Kudertempel zu errichten. Geplant wären zudem Kuderstatuen, die über Österreich verteilt werden sollten, außerdem Kudermünzen und ähnliches. Kuder habe sich im obersten Reichsrat von Pugnatio pro Natione deshalb durchgesetzt, weil er dafür berühmt war, für jeden und zu allem eine klare Antwort parat zu haben. Als ich Lolli ein Bild des neuen Führers von PPN gezeigt hatte, lächelte sie. Er scheint weniger gefährlich als sein übermäßig aggressiver Vorgänger zu sein, es macht Sinn, gemeingefährliche Personen zu eliminieren. Ich teilte zwar Lollis Überzeugung nicht, aber sie hatte insofern recht, als Führungspersönlichkeiten doch erheblich unterschiedliche Wirksamkeit entfalten und sich das mehr oder weniger wohltuend auf ein Gemeinwesen auswirkt. Kuder hatte das Outfit der Grünkappen gleich zu Beginn neu gestaltet. Er selbst würde sich mit einem Lorbeerkranz, der Göttlichkeit wie ein Heiligenschein symbolisieren sollte, dekorieren. Die Marschalle würden silberne Kränzchen tragen, die übrigen Parteimitglieder sollten ihre Häupter mit deutschen Fichtenzweigchen schmücken. Man würde sich an das Stechen der Nadeln hinter den Ohren gewöhnen, versicherte Kuder, alles Gewöhnungssache, wiederholte der Mann. Wie viele schon vor seiner Erhebung ausgesprochenen Ratschläge entbehrte auch dieser jeder Sinnhaftigkeit. Leo verabschiedete sich bald aus dem Chat, er müsse nun zu seiner täglichen Fernsehsendung, den Seitenblicken. Er hätte die Seitenblicke News von mir haben können, ätzte Lolli, ich habe eine Illustrierte unten im Hotel gefunden: Katzi hat weniger als 40 Kilo, das hat für den bald greisen Lugner den Vorteil, dass er sich nicht mehr im Bett plagen muss, denn Magersüchtige legen keinen Wert auf ein Sexualleben. Wir spazierten noch los, Lolli war glücklich über den neuen Führer der PPN, sie war sich völlig gewiss, Kuder würde in seiner lächerlichen Selbstbezogenheit, die noch dazu mit Ungeschicklichkeit gepaart war, Pugna pro Natione ins endgültige Abseits führen. Das

Risiko, das sie eingegangen war, die Gewalttat schienen nicht vergebens gewesen zu sein. Wir meditierten einige Minuten in Santa Maria degli Angeli e Martiri. Siehst du die Frau, die von unzähligen Engeln umgeben ist. Ja, sagte ich, auch du hast gerne einen Engel an deiner Seite. Lolli lachte aber nicht wie sonst über meine Neckereien, sondern blickte mich so verklärt an, als wären wir beide in der seelischen Mitte unseres Daseins gelandet. Wie auch zuletzt saßen wir dann im orangen Licht der römischen Gemäuer, tranken Vino rosso de la casa und hatten zu viel an Pasta oder Pizza verzehrt. Rasch und tief waren wir eingeschlafen, in der Nacht hatten wir uns innig und mit Tränen in den Augen geliebt. Du liebst mich ja wirklich, hatte ich gesagt, als mich ihr Liebesblick ergriffen hatte. Bald hatte uns das Nachtlicht wieder in einen guten Schlaf versetzt.

Die Sixtina ist wegen des übermäßigen Touristenanstroms nicht einfach zu besichtigen, aber Lolli war noch nie dort gewesen. Die erste Hürde überwanden wir dank meines Wissens um die Verläufe in der Stadt: Die Mittagsstunde ist die geeignetste, um dem Touristensturm auszuweichen. Dennoch war die Sixtina von Besuchern aus aller Welt überfüllt. Vergeblich mühten sich die Aufseher, in dem eigentlich sakralen Raum für etwas Ruhe zu sorgen. Schau, viele der Nackten tragen ein offensichtlich später hinzugefügtes Höschen, lachte Lolli. Das wurde tatsächlich erst später ergänzt, erzählte ich, der vatikanische Hof engagierte für diese Nachjustierung eigens spezialisierte Höschenmaler. Meine Liebe schüttelt vor Verwunderung den Kopf. Vermutlich wollte Michelangelo sich einen Scherz mit der ihn zur Arbeit peitschenden Kirche machen: Er hat ein Kirchendekor mit unzähligen Nackten geschaffen, Papst Julius selber muss aber den Wert dieses Freskengemäldes erkannt haben. Dabei will doch jede Religion in ihrem Kern so etwas wie Striptease, das heißt hinter das äußerlich Sichtbare blicken, fügte ich an. Und Michelangelo hat sogar dem Schöpfergott einen nackten Hintern gemalt. Wahrscheinlich hat er nach der Schöpfung seiner Hunderter Nackter insgeheim stundenlang gelacht, im Übrigen war er schrecklich arbeitsam und schrecklich sparsam. Wir hatten nach dem Getümmel in der Sixtina genug von den touristischen Truppen, die eine tatsächliche Bedrohung für die Stadt darstellen. Wir beschlossen, stadtauswärts zu flanieren. Ein wenig stiegen wir den Gianicolo hinan, dann wandten wir uns von der lärmenden schönen Stadt ab.

In der folgenden Nacht hatte ich einen unangenehmen Traum. Mir wäre Kot beim Herumgehen abgegangen, träumte ich, und diesen hätte ich versucht an einer Straßenecke unauffällig aus der Hose zu schütteln. Zwar war das Vorhaben gelungen, aber die Behörden hatten unverzüglich Ermittlungen gegen Unbekannt eingeleitet, um den Verschmutzer dingfest zu machen. Zeugen wurden vorgeladen, und ich wurde von den Behörden gefasst, meine widerliche Tat war entdeckt. An das Strafausmaß konnte ich mich nach dem Aufwachen nicht mehr erinnern, lediglich mein Betteln um Verständnis und Vergebung. Der Traum war nicht nur auf die üblichen Nöte von Reisenden und Stadttouristen zurückzuführen, er hatte auch mit der strikten Reinlichkeitserziehung zu tun, der ich als Kleinkind unterzogen worden war. Mein Vater brüstete sich damit, dass ich an meinem ersten Geburtstag bereits sauber gewesen sei. So nachhaltig diese Strenge mein weiteres Leben unter anderem durch wiederkehrende Träume bestimmen sollte, so nachhaltig waren wohl auch Hirnbach und Kuder als Kleinkinder bereits zerstört worden. Gewalt sät Gewalt, meinte ich zu Lolli, nachdem ich ihr den Fäkalientraum erzählt hatte. Sie entschuldige Gewalt aber nicht, erwiderte sie, schon gar nicht könne man gewaltsames Tun tolerieren, im Gegenteil: Man müsse Bereiche der Zärtlichkeit aufbauen und beschützen. Ich stimmte meiner Lieben zu, aber dass diese irren Gewalttäter unglaublicher Brutalität in früher Kindheit ausgesetzt waren, brauchen wir nicht auszublenden. Das mag sein, antwortete Lolli, aber glaubst du nicht, dass wir dafür verantwortlich sind, früher oder später unserem Leben eine freundliche Richtung zu geben. Als wir von unserem vormittägigen Rundgang zurückkamen, warteten zwei Carabinieri auf uns. Wir erschraken gehörig, die beiden Uniformierten forderten aber nur mich auf, sie auf die nicht allzu ferne Carabinieri-Station zu begleiten, es wären einige Fragen für die österreichischen Ermittlungsbehörden zu klären. Lolli runzelte die Stirn: Vielleicht war es keine so gute Idee, dich hierher zu lotsen, vor deiner Ankunft war ich nämlich mit meinem gefälschten Ausweis völlig anonym. Keine Sorge, das wird so bleiben, versicherte ich und ließ mir ihren falschen Namen mitgeben.

Zu meiner Überraschung erwartete Willbich vom Posten Tayaegg mich auf der Carabinieri-Station. Verzeihen Sie bitte die Belästigung, begrüßte er mich unerwartet höflich. Immerhin, dachte ich, versucht er im Ausland einen guten Eindruck zu machen, was man gewiss nicht von allen Österreichern, schon gar nicht von allen Deutschen behaupten kann. Ich werde Sie nur kurz belästigen, ich will ja selber morgen wieder im schönen Waldviertel sein, fuhr er fort. Da lobe ich mir nämlich unsere Hochwälder mit der angenehm kühlen und frischen Luft, ist ja schrecklich, was die Italiener da für eine Hitze produzieren. Kein Wunder, dass die Leute da keine Lust zum Arbeiten haben. Er lachte, erntete aber nur verständnislose Blicke. Also unser Formular ist nicht ganz vollständig ausgefüllt worden, deshalb ist es von der Bezirksbehörde an uns zurückgestellt worden. Gott sei Dank war es für unsere Experten ein Kinderspiel, Sie über Handy-Ortung aufzuspüren. Wir haben auf der Rückseite, Zeile vier, den Mädchennamen Ihrer Mutter vergessen, außerdem, und das könnte für die Ermittlungen bedeutsam werden, Willbich hatte nun seine Stimme zu einem respektablen Bass aufgeschwungen, müssen wir alle Reisen Ihrer Eltern und Großeltern in die kommunistischen Länder eintragen. Diese Informationen können den Behörden Hinweise auf konspirative Neigungen geben. Also erledigen wir das rasch, ich möchte mit dem heutigen Nachtzug zurückfahren, immer nur Pasta und Pizza sind nämlich nichts für mich. Pasta brauch ich nämlich im Waldviertel für die Schuhe. Er lachte noch einmal und ebenso lautstark wie vorher, ohne damit irgendjemandem ein Grinsen zu entlocken. Als wir fertig waren, mussten wir noch einen Dienstbericht für die italienischen Carabinieri, die ja auch eine Diensthandlung vorgenommen hatten, erstellen. Für die Rückkehr wählte ich den Fußweg, während des Gehens meldete sich plötzlich Fricke am Handy: Er hätte beschlossen, mich aus dem Programm zu werfen: Einmal würden noch immer zwei erotikfreie Texte für das Manuskript fehlen, zum anderen hätte er ein neues sexistisches Machwerk von mir auf Youtube entdeckt. Ach Gott, versuchte ich zu beschwichtigen, denn natürlich bedeutet die Absage eines Verlages immer einen größeren Rückschlag für einen professionellen Autor, man könne doch dem Text Tränen nicht einmal entnehmen, ob ein Männlein oder Weiblein weine. Natürlich meine er diese Ferkelei Signiert, brüllte nun Fricke ins Telefon und drückte mich aus der Verbindung. Ich war noch zehn Minuten von unserem Hotel entfernt, da erwischte mich auch Beno am Handy, und das mit einer Jubelmeldung. Das Konzept, meine Gedichte mit romantischer Musik auf Youtube zu stellen, würde aufgehen. Er habe nun schon eine Anfrage für eine Werbeeinschaltung, weil nämlich auch das Gedicht Signiert innerhalb von Stunden auf die tausend Klick gekommen sei. Offensichtlich würde es schon eine Klientel geben, die auf unsere nächste Präsentation warte. Ab sofort würden wir an meinen Youtube-Publikationen verdienen.

Horribile, sagte der Rezeptionist, als ich im Hotel eintraf, und tauchte meine Welt in Panik. È morte, erklärte er vor Entsetzen kaum hörbar, ich rannte los, die Unabänderlichkeit dieses Unglücks traf mich in meiner Ahnungslosigkeit mit Wucht. Eben hatte ich noch über dümmliche Waldviertler Polizisten gelacht, nun lag Lolli auf dem Bett, nach hinten gekrümmt. Die Starre eines toten Menschen ist auf den ersten Blick zum verzweifelten Aufschreien. Fürchterlich klar, dass ich zu spät kam. Alles Leben war aus meiner lieben Frau entwichen. Wächsern und für immer bewegungslos. Auf den zweiten Blick spürte ich einen paradoxen Anflug von Trost. Denn das, was da vor mir als erkaltete Hülle sich darbot, war nicht der Mensch, den ich gekannt und mit meiner Leibseele geliebt hatte. Das, was den Zauber des Individuellen ausgemacht hatte, war offensichtlich beim Sterben davongegangen. Unvorstellbar, dass es mit dem verbliebenen kalten Etwas identisch sein könnte. Der Arzt war bereits beim Gehen, die Polizei würde mich noch für ihre Ermittlungen benötigen. Wie wurde die Signora ermordet, fragte ich schluchzend. Ein Mann von der Spurensicherung schob das über den nackten Leib gezogene Tuch zur Seite, man hatte Lolli erdrosselt. Für Minuten schossen mir müßige Fragen durch den Kopf: Was gewesen wäre, wenn ich in einem Taxi von der Polizeistation zurückgeeilt wäre oder wenn ich überhaupt nicht nach Rom angereist wäre. Das Leben ist keine Kinderparty, sagte ich, aber es war niemand im Raum, der das kommentierte. Schönste Liebe, flüsterte ich. Die Polizei nahm meine Daten erneut auf, ich ging weg, um vor dem Sturm der Presse in ein anderes Hotel abzutauchen. Die Behörden konnte ich überreden, meinen Namen aus den Pressemeldungen herauszuhalten.

Die Botschaft hatte die Modalitäten für die Überführung übernommen. Beim Begräbnis meiner Lolita hatte ich lediglich den Grünstättens die Hand zur Beileidsbezeugung gedrückt. Sie war so liebevoll, sagten sie, und bedankten sich, ich nickte. Ich überlegte, Schorsch, dem Denunzianten, die Nase zu zertrümmern. Immerhin hatte er Willbich auf mich angesetzt und damit vielleicht auch einem Mörder die Spur nach Rom gelegt. Ich begab mich zum Wirtshaus Zum aufrechten Waldviertler. Seine Dummheit bewahrte Schorsch vor einer Handgreiflichkeit, ebenso hätte man mir, der ich nachgereist war, die Nase zertrümmern können. Es tue ihm leid um Lolita Mendor, begrüßte mich der dümmliche Wirt und bot mir betrübt die Hand. Sein Mitleid war ehrlich, und seine Kommentare waren so beschränkt wie alles, was er bisher von sich gegeben hatte. Ich könne Gift darauf nehmen, dieser Todesfall sei ein Anschlag der Islamisten gewesen, erklärte er im Brustton der Überzeugung. Wenn ich und andere uneinsichtige Österreicher die Pugna Bewegung nicht so diskriminieren würden, wäre Europa sicherer Boden, dann hätten weder der Mord an Hirnbach noch der an Frau Mendor sich ereignet. Georg Gaugusch würgte zuletzt eine Entschuldigung für seine Denunziation hervor, ich nickte. Er wäre so enttäuscht über das Abtreten Hirschbachs gewesen. Meine Tränen unterdrückend bestellte ich einen Karpfen in Mohnkruste. Zwei Tische weiter tagte der Stammtisch von Pugna pro Natione. Seit Kuder zum neuen Führer der Bewegung erhoben worden war, beherrschten neue Themen die Diskussionen. So wurde verhandelt, ob es nicht notwendig wäre, einen uniformen Gruß einzuführen. Dieser könne Salve Kuder heißen, was der romanogermanischen Ideologie entgegen käme, weil dieser Gruß offensichtlich aus einem römischen und einem germanischen Element bestünde. Kuder setzte sich übrigens, wie die Ahnenforschung von Ditrich Kuder ergeben habe, aus Kuh und dem männlichen Artikel zusammen, was so viel bedeute wie Der Mann, der die Kuh beherrscht, was auf die Rinderzucht der damaligen Sippe verweise. Allerdings favorisiere Ditrich Kuder die folgende Auslegung: Das Männliche übernimmt seine natürliche Führungsrolle.

Im Zusammenhang mit Lollis Tod wurde ich von der Polizei nicht mehr vernommen. Weder was die Ermordung

Hirnbachs anging, noch was es mit dem Tod Lollis auf sich hatte, brachten die österreichischen Sicherheitsbehörden Ergebnisse zustande. Die überstaatliche Mordkommission hatte aber alle notwendigen Vernehmungen durchgeführt, mich hatte man nicht mehr einvernommen, ich schien an keinem Punkt des Geschehens bedeutsam, schien lediglich als kurzzeitiger Begleiter der Verstorbenen und mit einer Respektlosigkeit gegenüber Hirnbach in den Akten auf. Inmitten meines anhaltenden Jammers und meiner fortdauernden Ratlosigkeit rief mich nach langer Zeit wieder Leo, der seltenere meiner sogenannten besten Freunden, an. Seine Ehefrau hätte ihm gestern in der Nacht abermals die Pyjamahose zerrissen, jeden Monat müsse er sich ein neues Nachtgewand kaufen. Und anstatt ihn zu streicheln würde sie nur schreien: Beiß mir in die Möse und dann rammle mich. Leider würden genau die beiden Vokabel Möse und rammeln bei ihm zu völliger Impotenz führen. Das einzige, was ihn auf Touren bringen könne, wäre nämlich Zärtlichkeit, das heißt zarte Küsse im Intimbereich wären zielführend, auch Ganzkörperstreicheln wäre äußerst erregend für ihn. Das Leben sei keine Semperoper, unterbrach ich ihn wenig einfühlsam. Er hätte mir die Geschichte jetzt schon zum zehnten Mal erzählt, und die Antwort wäre ganz einfach: Wenn eine Frau nicht fliegen kann, serviere sie ab oder betrüge sie wenigstens, sonst zeigt sich das Irdische dir nur in seiner erbärmlichen Oberfläche. Was ist mit dir los, erwiderte Leo betroffen. Wozu hat man Freunde, wenn sie einem statt Trost nur Grobheiten an den Kopf werfen. Ich hätte eine andere Frage, gab ich zurück: Wozu hat man Freunde, wenn sie sich schon zehn Jahre nicht mehr nach deinem Wohlbefinden erkundigt haben und lediglich ihren eigenen Müll dir vor deine Haustür kippen. Ich konnte es nicht verhindern, los zu schluchzen. Warst du vielleicht in eine Affäre mit Lolita Mendor verstrickt, weil du so überreagierst, sie soll sich ja oft im Waldviertel, vor allem in Thayaegg, aufgehalten haben. Warte, ich steige in den Wagen und bin in einer Stunde bei dir. Leo wartete nur noch meine Angaben zur Wohnadresse ab, dann machte er sich zu meiner völligen Verblüffung auf den Weg, um mir beizustehen.

Zwei Stunden später saß ich mit ihm an der Thaya, wir ließen die Beine über dem Wasser baumeln, und das erste Mal seit zehn Jahren erzählte ich Leo ein Problem von mir. Ich habe gleich gemerkt, das es dich dieses Mal wirklich aus der Bahn geworfen hat, versicherte mir Leo. Ja, ich habe ein Problem, dass ich auf keiner Kinderparty vergessen kann. Wieso Kinderparty, warf Leo ein, und ich erklärte ihm die zwischen mir und Lolli so lieb verwendete Metapher. Flößer trat an uns heran, seit ich zurückgekommen war, hatte er mir noch keine seiner anzüglichen Bemerkungen serviert. Er nahm mich zur Seite und berichtete, er habe ein Köfferchen im Zimmer von Madame Mendor gefunden, das er mir gerne aushändigen würde. Ich ahnte, was das Köfferchen barg, und nahm es mit einem Dankeschön an mich. Vor Leo klappte ich den Deckel auf, und wir sahen uns einer blitzblanken Wesson Smith mit beigelegtem Schalldämpfer gegenüber. Wenn ich dir die ganze Geschichte erzählt habe, wirst du verstehen, warum ich in den nächsten Wochen eine Waffe bei mir tragen werde, erklärte ich. Nachdem ich die Ereignisse berichtet hatte, war Leo beinahe sprachlos. Du hast jetzt eine Aufgabe, bei der du einen verlässlichen Freund brauchen wirst, merkte er an. Vermutlich wird dich die Frage, wer deine Liebste ermordet hat, bis zu ihrer Beantwortung nicht mehr auslassen. Dabei lese ich nicht einmal gerne Kriminalromane, erwiderte ich. Diese Geschichte ist auch kein Kriminalroman, deswegen brauchst du Unterstützung. Dazu passt etwas, was ich dir bisher noch nicht eingestanden habe: Vor zwei Monaten bin ich einem Schützenbund beigetreten. Eigentlich hat mich meine Frau dazu gedrängt, ein Männerbund würde mir gut tun, hat sie gemeint, ich würde mich im Bett zu feminin benehmen. Jedenfalls habe er gleich bei den ersten Schießversuchen beachtliche Leistungen erbracht und er könne mich auch für etwaige Notfälle schulen, wenn ich das wollte. Einschulung hatte ich nicht nötig, denn mich hatte die Männlichkeitsschulung bereits als Kind ereilt. Nachdem ich mit einem Jahr stubenrein war, war ich mit zehn bereits schussfest und mit zwölf ein akzeptabler Schütze. Denn Schießübungen waren etwas, was für meinen Vater zum Aufwachsen eines respektablen Mannes dazu gehörte. In meiner Adoleszenz war ich aus Protest gegen solche üblen Traditionen Zivildiener geworden und hatte mir geschworen, nie wieder eine Waffe in Händen zu halten. Wir hatten das Für und Wider einer griffbereiten Waffe noch eine Zeit lang diskutiert und einigten uns schließlich darauf, es wäre sinnvoll, für eine Notwehrsituation gerüstet zu sein. Ebenso sinnvoll war, sich vor jeder Versuchung, Selbstjustiz zu üben, zu hüten. Mit Lolli hatte ich nicht nur den liebsten Menschen verloren, auch die beste Liebhaberin meines Lebens hatte mir der Mörder entrissen. Leo versprach, am übernächsten Tag wieder ins Hotel Thaya zu kommen, um mir beim Aufspüren von Lollis Mörder tatkräftig zur Hand zu gehen. Als ich vor dem Schlafengehen noch den Fernseher einschaltete, wurde gerade berichtet, dass Breivik lediglich zu einer Höchststrafe von zwanzig Jahren verurteilt werden könne, mehr würde ihm das liberale Norwegen nicht auferlegen können. Der Vierzigjährige würde also nach der Ermordung von 77 Menschen seine Freilassung noch erleben. Und das als reicher Mann, denn wie man erfuhr, hatte er die Rechte für seine Geschichte bereits einem vorerst noch ungenannten Verlag als absehbaren Bestseller verkauft. Meine einzige Hoffnung war, man würde ihn doch noch für gefährlich geisteskrank erklären und ihn lebenslang in eine geschlossene Anstalt für geisteskranke Mörder einweisen. Eine viel angemessenere Entscheidung, als selbst eine Hinrichtung wäre, nach der im humanen Europa plötzlich unzählige schrien.

Rascher als man erwartet, wenden sich die Menschen von Tragödien ab, wenn einige Morgen verstrichen sind, nimmt man schließlich auch das Tageslicht wieder als gegeben. Flößer war am nächsten Morgen, in vertrauter Weise grinsend, an mich herangetreten. Er würde mich ab nun Mister Bond nennen. Wenn ich Unterstützung bräuchte, sollte ich mich an ihn wenden. Er könne mir auch eine Schrottflinte besorgen, wenn ich gröberes Geschütz auffahren wolle. Flößer gab mir genüsslich zu verstehen, dass er über den Inhalt des Köfferchens Bescheid wusste. Kontrolliert Ihre Frau nun auch das Gepäck der Gäste, um Ihren von ihr vermuteten Seitensprüngen auf die Spur zu kommen, fragte ich. Er verzichte auf eine gemeine Erwiderung aus Pietätsgründen, antwortete der Hotelier, ich hätte sein ungeteiltes Mitgefühl. Wie die Stunden am Mühlteich vergingen, hätte ich später nicht mehr sagen können, das Geheimnis des Teichspiegels hatte mich rasanter in den Bann seiner Visionen gezogen, als ich gedacht hatte. Ich saß vor dem Mühlteich, der Sommer schien, obwohl es bereits später September war, zurückgekehrt. Zunächst hörte ich ein Stöhnen, als ich meine Füße ins Teichwasser gesetzt hatte. Die Herkunft dieser Laute war nicht zu eruieren, dieser Spätsommertag, an dem der Herbst bereits zu spüren war, wurde von keinem Lüftchen beunruhigt. Das Wäldchen gegenüber schien erstarrt, wie in Glasur gegossen. Als mir das Wasser bis ans Knie stand, wuchs das Stöhnen aus dem Untergrund an, steigerte sich beinahe in ein Jammern, als ob jemand von einer üblen Beklemmung gequält würde Einerseits war ich von einem gewaltigen Schaudern überwältigt, andererseits wollte ich dem gewaltigen Sog nach unten nicht widerstehen. Ich ließ mich, als das bereits kühle Wasser mein Geschlecht berührte, vornüber in den Teich kippen. Schnell tauchte ich ab, Lichtspiralen drehten sich von oben herab ins Wasser, ich trieb vorwärts, ohne irgendwelche Wesen wahrnehmen zu können. Wenn ich nicht bald auftauche, ertrinke ich, dachte ich. Da kippte die Szenerie, jede Sorge um mein Leben war entschwunden. Ich spürte Lolli, die sich aber nicht zeigte oder zeigen konnte. Die Szene dauerte nur ein paar Sekunden, dann wurde ich wieder an die Wasseroberfläche katapultiert. Bald fand ich mich wieder am Ufer des Mühlteiches, und obwohl mir nur Andeutungen aus der Anderswelt zugegangen waren, konnte ich mir einen Reim auf Lollis Situation machen: Ihren Schmerz darüber, dass sie ein Leben auslöschen hatte müssen, vermutete ich wahrgenommen zu haben.

Wir Schriftsteller werden in dieser Zeit von der Anderswelt erzählen müssen, bekannte ich Leo, der wie versprochen am übernächsten Tag ins Hotel Thaya zurückgekommen war. Sag das nicht zu laut, bat mich mein Freund, willst du dein sowieso schon malträtiertes Schriftstellerimage noch mit dem Makel des Okkultismus belasten. Ich werde bald weder von Hundinger noch von Fricke abhängig sein, antwortete ich, ich werde in Kürze zum Youtube-Star avancieren, und die großen Verlage aus Deutschland und der Schweiz werden mich anbetteln, einen Band mit Liebesgedichten von mir herausgeben zu dürfen. Dem Impuls zur Anderswelt würde ich folgen, quatschte plötzlich Flößer dazwischen. Er war mit zwei Aperitifs als Gruß des Hauses aus dem Boden geschossen, höchstwahrscheinlich hatte er sich nicht zufällig in Hörweite aufgehalten. Anderswelt reimt sich nämlich gut auf immer eine andere Frau. Es würde sich auch gut auf die etwas andersartige Dame reimen, die sich den ganzen Nachmittag auf unseren Sonnenbrettern räkelt, fuhr Flößer fort. Rasch schnappte ich die beiden Aperitifs, um Franz Flößer wieder los zu sein. Als er verschwunden war, erzählte ich Leo von meinen diffusen Erlebnissen am Teich und unter dem Teichspiegel. Glaubst du wirklich, mit dubiosen Entrückungen den Mörder Lolita Mendors finden zu können, schüttelte mein Freund den Kopf. Dann schlug er mir wie nebenbei vor, alles Weitere auf den Liegebrettern des Hotels zu besprechen. Ich grinste, Leo war in unserer Jugendzeit der erotisch Wildere von uns beiden gewesen, Flößers Hinweis hatte ihn neugierig gemacht. Ich blickte auf die Uhr und sagte: Lieber Leo, in zwei Minuten beginnen die Seitenblicke, was kann dir dagegen eine Dame am Thayastrand bieten. Leo sah mich an, als wollte er mich als Zielscheibe für seine Schießübungen verwenden.

Na servus, sagte Leo, schamlos starrend, als er die vollkommene Gestalt Angelas im Dämmerlicht entdeckte. Caro amico, warnte ich, ich trau mich kaum, es zu sagen, aber die Dame hat bereits mit mir geschlafen, eigentlich ohne dass ich es wirklich gewollt habe. Ja, natürlich, entgegnete Leo, die Frauen sind das einzige Wild, das ihrem Jäger auflauert. Lass bitte die Finger von ihr, bat ich, für diese Dame habe ich eine mir unklare, aber jedenfalls wichtige Bedeutung. Mir kommen, sagte Angela, auf mich plötzlich zutretend, und zog mich von der Liegewiese ab in Richtung ihres Zimmers. Bis dann, winkte ich dem verblüfften Leo zu, du kannst in meinem Zimmer übernachten, da sind heute zwei Betten frei. Und ich nix kommen, hörte ich Leo ärgerlich äffen. Angela hatte mich so behandelt, als wären keine Wochen seit unserem Zusammensein vergangen. Im ihrem Zimmer herrschte peinliche Ordnung, alle Laken im und über dem Bett waren glatt gestrichen, kein Kleidungsstück war unbedacht abgelegt, schon gar nicht achtlos auf den Boden geworfen. Aber das zu registrieren, blieb mir nur eine halbe Minute Zeit, dann hatte sich die Schöne bereits auf mich gesetzt und mein Geschlecht in sich geborgen. Während sie darauf achtete, dass ich ihr nicht entglitt, wurde ich von einem nicht näher definierbaren Strom davongerissen. Eine Vision riss mich nach oben, fliege ich nun wirklich, dachte ich, werde ich nun gleich über dem Hotel Flößers schweben. Während mir solche Gedanken durch den Kopf wirbelten, trieb ich bereits durch die schönsten Wellen der Erregung. Abrupt wurde ich in ein neues Bild gestellt, plötzlich schien Lolli mich an ihrer warmen Brust zu wiegen. Vor Überraschung hielt ich inne, sank aber lediglich auf die vormals so glatten Laken, die nun schon reichlich zerknittert waren. Himmel heben, sagte Angela, dich heben, bemühte sie sich, dich verbinden, zu Himmel. Nach kurzer Überlegung interpretierte ich Angelas Zweiwort-Botschaft so, dass sie versuchen würde, mir eine Dimension in eine obere Welt zu öffnen. Angela machte keine Anstalten, mich wegzuschicken. Etwas traurig auf dem Bett hockend, betrachtete sie mich. Wir üben, vermeldete sie dann, und dagegen war nichts einzuwenden, wenn ich diese schön geformte, wenn auch etwas galaktisch unwirkliche Frau ansah. Eine neuerliche Erregung rollte mich in eine Art Grotte, in der Lolli ein zweites Mal auftauchte und mich drückte. Die Vision war dieses Mal kompakter, ich begann zu vergessen, dass ich mit Angela verkehrte, so sehr schien ich in die Leibeswärme meiner Liebsten verwoben. Als es mir endlich gelang, Lollis Gesicht schärfer wahrzunehmen, wurde ich von dem liebevollen Ernst daraus überwältigt. Geh nicht fort, wollte ich sagen, da lächelte meine Liebste und entschwand mit einem Augenzwinkern.

Die Anderswelt besitzt zumindest zwei Aspekte, erklärte ich Leo später, nachdem ich zur Erholung geruht hatte und wieder in der Lage war, im Hier zu sprechen. Ich verstehe schon, erstens vögeln und zweitens vögeln, stichelte Leo, dabei wird mir auch immer ganz anders. Natürlich war es eine Niederlage für ihn, dass Angela sich nicht im Geringsten für ihn interessiert hatte. Er schien auch vollkommen vergessen zu haben, dass mir gerade die liebste Frau verstorben war, so rücksichtslos ätzte er. Spinn nicht, antwortete ich, und lass dir erzählen: Ich vermute eine Schicht von andersweltlichen Wesen, die uns wohlwollend umgeben. Und zweitens, fragte er scheinbar gelangweilt. Zweitens sollten wir uns auf diese wohlwollende Welt beziehen, geistige Führer, Verstorbene und andere Wesen der Anderswelt können uns stärken, wenn wir innerlich auf sie hinschauen. Mein Lieber, du hast vermutlich ein schamanisches Seminar zu viel gemacht und bist dem esoterischen Geschwafel eines Scharlatans verfallen, wollte er mir das Wort abschneiden. Aber ich habe eben meine Liebste wirklicher als sonst etwas gespürt, schrie ich. Leo starrte mich eine Schreckenspause lang an, dann platzte er ebenso laut heraus: Dann sag endlich, ob dir deine verstorbene Lolli den Namen des Mörders genannt hat. Nein, antwortete ich, Lolli war nur da, sie hat gar nichts gesagt. Aber sie schien beruhigt, in meiner ersten Vision von ihr wirkte sie so belastet. Verzeih, meinte Leo, dein Reden ist so wenig konkret wie das aller esoterischen Träumer, die sich nicht mit den Härten unsres sterblichen Daseins abfinden können.

Gleich auf der ersten Seite des morgendlichen Kuriers blinkte uns das Konterfei Mendors entgegen. Der Justiz wären von einem bekannten Anwalt eine Reihe von Dokumenten übergeben worden, die recht eindeutig die Verstrickungen von Alfons Mendor in durchgängig korrupte Waffengeschäfte belegen würden. Es wären sowohl Bestechungsvorgänge aller Art als auch unerlaubte Lieferungen an kriegführende Länder belegbar, lasen wir. Mendor spräche von einer Verleumdungskampagne, weder sein Unternehmen noch er selber hätten etwas mit den Machenschaften der beschuldigten Tochtergesellschaften zu tun. Und wegen eines ihm zur Last gelegten Steuerdeliktes hätte er rechtzeitig vor zwei Wochen Selbstanzeige erstattet. Allen seinen Protesten zum Trotz hatten die Behörden den sauberen Gatten von Lolita Mendor vorerst in Untersuchungshaft genommen. Mendor schied unserer Meinung nach als Mörder aus, er war durch die notariellen Anordnungen Lollis, die nun schlagend geworden waren, juristischer Verfolgung ausgesetzt. Er hatte von Lollis Hinterlegungen gewusst und wäre nicht so ungeschickt gewesen, die polizeiliche Verfolgung selber auszulösen. Am einfachsten wäre, du könntest deine Lolli während des Vögelns mit Angela zum Sprechen bringen, lästerte Leo neuerlich. So funktioniert die Anderswelt nicht, widersprach ich, vieles verbleibt Andeutung, verliert dadurch aber nicht an Realität, versuchte ich zu erklären. Irgendwie wäre es dumm, diese Andeutungen nicht zur eigenen Entwicklung zu nutzen. Leo machte sich kopfschüttelnd zur Liegewiese am Thayastrand davon, er würde versuchen, Angela aufzulauern, um ihre schöne Nacktheit zumindest zu bestaunen.

Ich fühlte mich als schlechter Nachlassverwalter Lollis, noch immer ging das Treiben im Campus der Pugnatoren weiter. Vermutlich war die Ergreifung der Macht, egal mit welchen Mitteln, nach wie vor erklärtes Ziel des Vereins. Was geleistet worden war, war Lollis Verdienst, durch die Eliminierung von Hirnbach war die Bewegung um vieles weniger schlagkräftig geworden. Die Nachrichten, die aus dem Campus in die Öffentlichkeit drangen, waren eher kurios als informativ. So erzählte man, Kuder wäre bemüht, die üblichen verbreiteten Gebete der katholischen Kirche so umzugestalten, dass sie für Pro Pugnatio einsetzbar wären. Also statt Vater unser würden die germanoromanischen Pugnatoren beten: Kuder noster, libera nos a Sozialista e tutta Sinistra. Kuder ließ bei den Neuformulierungen scheinbar gesprächsbereit Diskussion zu, solange sein eigener Namen oft genug genannt wurde. In die Stagnation der Ermittlungen hinein fühlte ich so etwas wie Panik in mir aufsteigen. Da erinnerte ich mich an die Übungen bei August Thaler, durch die es gelingen kann, mit unseren geistigen Führern in Kontakt zu kommen und sogar Hinweise oder Klärungen zu bekommen. Ich streckte mich also wieder auf mein Bett, legte mir die Hand auf die Stirn. Nachdem sich eine erste Beruhigung eingestellt hatte, setzte ich mich wieder auf und wandte meine Augen zum Fenster. Das Licht, das mir von dort auf die Stirn fiel, provozierte den Kontakt zu meiner geistigen Führerin, ich nannte sie die weiße Frau. Sie schien mir mit ihrem Gesicht ganz nahe zu kommen. Als ich mich von ihr schön umhüllt fühlte, sagte sie lediglich Slow down und noch einmal Slow down, wobei sie mit den Armen Bewegungen machte, als wollte sie alles Panikmachende von mir abstreifen. Die Botschaft war eindeutig, wenn auch gegen jede Vernunft. Ein Mörder lief frei herum, die Rechten rüsteten auf, und offensichtlich war Stillhalten das Gebot der Stunde.

Ich verabschiedete mich von Leo, der noch immer auf der Strandwiese briet, ohne jemand anbraten zu können. Angela schien heute keine Anstalten zu machen, sich nackt in die Sonne zu hocken. Meine Absicht war es, den Hochwald des schönen Landes zu durchwandern. Ohne es direkt gewollt zu haben, hatte ich den Weg zu den Grünstättens eingeschlagen, plötzlich stand ich vor dem stattlichen Forsthaus. Die beiden Alten erkannten mich sofort wieder und freuten sich über meinen Besuch. Bald führten sie mich hinter das Haus, ich dachte, sie würden mir die Lieblingswege Lollis zeigen. Stattdessen aber führten sie mich zu ihrem Rehfriedhof und zeigten mir auf dem ein paar hundert Meter abliegenden Areal drei erst kürzlich aufgeschüttete Grabhügel. Anfangs hätte er gedacht, erklärte Grünstätten mit einem schlauen Lächeln, Trauerbändchen wären eine ausgezeichnete Idee und würden auch alle Besucher auf die Tragödie Lollis, des lieben Kindes, hinweisen. So hätte er seine Rehe mit schwarzem Trauerflor dekoriert. Als aber einige Besucher befremdet reagiert hätten, wäre ihm eine noch exzellentere Idee gekommen. Ihm wäre nämlich klar geworden, dass er durch Erschießen der Tiere seiner lieben Lolita Spielgefährten nachschicken könnte. So habe er die drei derzeit bei ihnen verweilenden Rehleins weidmännisch korrekt erlegt und begraben. Grünstätten lächelte glückselig vor sich hin, mich aber beschlich der Verdacht, dass sich der sanfte Wahnsinn der Grünstättens zu einem gröberen Kopfschuss ausgewachsen hatte. Für den Augenblick wollte ich lediglich unter rauschenden Tannenkronen die Flucht ergreifen. Aber als ich mich, beste Wünsche aussprechend, davonmachen wollte, hatte mich

Frau Grünstätten bereits am Arm gepackt und verkündete in einem Ton, der Widerspruch ausschloss, sie würde mich nicht ohne Labung entlassen. Tatsächlich war ihr Klammergriff so fest, dass ich sie stoßen hätte müssen, hätte ich durch die Tür davongehen wollen. Stattdessen lächelte ich geflissentlich und heuchelte, dass es mir eine Ehre sei und dass ich so viel an Zuwendung gar nicht verdient hätte. Da seien sie aber anderer Meinung, entgegnete mir Forstmeister Grünstätten. Abgesehen von meiner Zuneigung zu Lolli hätte ich gewiss schon einiges für die Menschheit geleistet. Welche Straße oder welches Haus ich denn erbaut hätte. Meine ehrliche Antwort hätte lauten müssen, ich würde gar nicht daran denken, an etwas anderes als meinen Texten zu basteln, nachdem ich keine Kinder gebastelt hätte. Erst mit Lolli hätte ich Kinder haben wollen, denn mit meiner ersten Frau hätte ich Angst gehabt, Kinder würden unter einem Berg an unnötigem Kram verschüttet werden. So sagte ich nur, ich sei Textkonstrukteur, und lächelte. Die Grünstättens, die bereits mit meinen unangebrachten Scherzen Erfahrung hatten, stimmten verständnislos nickend in mein Lächeln ein. Heute habe sie eine ganz besondere Spezialität für mich, frohlockte nun die Gattin des Forstmeisters: Ihr Jagdhund, den sie sich als Tröstung nach Lollis Weggang angeschafft hätten, hätte heute seine Kutteln verweigert. Diese seien aber ganz frisch und delikat, besonders wenn sie in einer sauren Sauce mit Lorbeer und mit Semmelknödeln zubereitet würden. Man könne doch frische Lebensmittel nicht einfach wegwerfen. Ich wusste, dass jeder Widerstand zwecklos war, ebenso unvorstellbar war mir, Kutteln zu verzehren, diese werden nämlich aus dem Pansen des Rindermagens geschnitten und behalten ihren Gestank auch nach dem Kochen. Frau Grünstätten sagte noch, sie hätte gewusst, wie sie mir eine Freude bereiten könne, schon das letzte Mal hätte ich mit großem Appetit gegessen. Da war sie schon im Sauseschritt in die Küche getrippelt.

Erst nach zwei Stunden hatte ich es geschafft, mich von den Grünstättens mit dem Versprechen, wieder einmal vorbeizukommen, zu verabschieden. Ich schlug noch ein Kreuz bei den Gräbern der von einem Wahnsinnigen exekutierten Rehe und lief zum Hotel zurück, um endlich Magentropfen zu schlucken. Zur Sicherheit schüttete ich ein zweites und ein drittes Glas Schnaps nach. Auch wenn ich gemäß dem Trick Thalers mich beim Schlucken der Kutteln quasi totgestellt hatte, war ein fortdauernder Ekel nicht zu unterdrücken gewesen, den ich vor dem Trauerpaar nur mit Mühe verbergen konnte. Von Leo hatte ich am Hotelstrand nichts gesehen, ich beschloss ihn über das Handy aufzuspüren. In diesem Augenblick summte mein Handy, ich hatte eine Meldung von Unbekannt bekommen. Was ich auf dem Display zu lesen bekam, entsetzte mich: Veni Roma, San Domenico 50! Entweder spielte die Technik verrückt und hatte mir Lollis SMS ein zweites Mal zugestellt, oder ein Unbekannter war mir auf den Fersen und begann ein grässliches Spiel mit mir zu treiben. Nachdem ich mich ein wenig aus der Starre gelöst hatte, erreichte ich Leo und erzählte ihm, was eben über mich gekommen war. Obwohl er selber mir seine Begleiterschaft nicht anbieten konnte, verbot er mir, ohne Begleitung zu reisen. Seiner Meinung nach sei das SMS darauf aus, mich zu terrorisieren und in eine Falle zu locken. Auch mir schien diese Erklärung die naheliegende. In diesem Moment tauchte Angela in der Hotelbar auf und trat auf uns zu. Ich dir, sagte sie, sie hatte nicht mit Leo geschlafen, obwohl er sie den ganzen Nachmittag umworben hatte. Die galaktische Dame ist geistig behindert, flüsterte mein Freund mir zu, sonst hätte sie meine kräftigen Schultern deinem mittelmäßigen Körper vorgezogen. Die Schöne sah aber nur mich an. Ich dir, wiederholte sie, nicht ihm, erklärte sie, und mir war klar, dass sie auf mich fixiert war. Leo würde mich nicht nach Rom begleiten können, er hatte am nächsten Tag nicht nur berufliche Verpflichtungen, sondern auch sein Schützenbund-Treffen, das er auf keinen Fall versäumen dürfte. Männerbünde pflegen noch die Nibelungentreue, obwohl diese nie ein gutes Ende gezeigt hat. Du hast doch noch einen zweiten besten Freund, meinte er zum Abschied, der ist sogar Romspezialist. Das war zwar richtig, aber bei Beno bestand die Gefahr, dass seine Depressionen am Ort des großen Liebesereignisses wieder virulent werden würden.

Wie ich aus den Medien erfuhr, war Lolly nicht so untätig gewesen, wie sie mir weiszumachen versucht hatte. Sie musste die Jahre vor ihrem Tod darauf hingearbeitet haben, ihrem Mann Alfons Mendor das Handwerk zu legen. Bei dem Anwalt ihres Vertrauens waren Tonbandaufzeichnungen deponiert, die Mendors illegale Verhandlungen über Provisionsversprechen dokumentierten, sowohl prominente Geschäftsleute als auch Regierungsmitglieder waren darin verwickelt. Unglaubliche Bestechungsbeträge wurden kolportiert. Besonders die konservative Partei des Landes geriet zunehmend in Verruf, Alfons Mendor war ein beliebter Gastgeber für die oberste Regierungsriege gewesen. Sie alle waren zu gerne seinen Jagdeinladungen gefolgt, keiner der Gäste hatte jemals einen Euro für einen Abschuss, das Galadiner oder das Fünf-Stern-Service auslegen müssen. Man sah Fotos in den Zeitungen, auf denen sich die Untersuchungsrichter vor Verlegenheit am liebsten versteckt hätten, hatten sie sich doch selber jahrelang bemüht, einmal von Mendor eingeladen zu werden. Wenn so brisante Dokumente bei einem Anwalt deponiert sind, rumort es im Leben der Reichen und Schönen Österreichs. Dabei waren bei Mendor nicht nur Pferdejagden eine Sensation, auch der gespickte Rehrücken war von einem Meisterkoch gespickt, und zur Mitternacht liefen unbekleidete Russinnen, als Häschen verkleidet und für die amüsantesten Spiele bereit, durch das Jagdschloss. Im Rückblick zeigte sich Lollis Leben so, als hätte sie konsequent darauf hingearbeitet, zwei kapitale

Verbrecher in diesem Land unschädlich zu machen. Natürlich waren damit weder Faschismus noch Korruption in diesem Land beseitigt, aber Lollis Tun hatte doch gehörig Sand ins Getriebe der traditionell unbedrohten Schädlinge an den Schalthebeln der Republik gebracht.

  Beno war tatsächlich mit mir gereist, seine große Sorge um mein Wohlbefinden war rührend. Um in Rom verdeckt zu agieren, hatte mir mein Freund geholfen, ein nicht mit mir in Verbindung zu bringendes Zimmer anzumieten. Mit seinem Handy hatte er die Reservierung abgewickelt, wir waren in einem Appartement in der Tor Millina zwischen Piazza Navona und Tevere gut versteckt. Im Getümmel ist man am schwierigsten aufzufinden, erklärte er, du weißt, der Heunadeleffekt. Du kannst dir nicht vorstellen, wie nah ich in dieser Stadt meiner Liebsten gekommen bin, einfach unbeschreiblich nahe, fügte er hinzu. Lieber Beno, antwortete ich, du irrst, nicht nur ich, sondern deine dreitausend Leser wissen ziemlich genau Bescheid, was ihr in der Stadt der Liebeshöttin getrieben habt. Du hast ja Glück, dass Magdalenas Mann Belletristik für Geisteskrankheit hält und als Bierbrauer höchstens Fachzeitschriften liest. Ihr Mann ist aber kein Glück, jammerte nun Beno auf, stell dir vor, sechs Tage habe ich kein SMS von ihr bekommen. Sie ist in Slowenien mit ihrem Mann und einem befreundeten Bierbrauerpaar auf Urlaub. Und sie weiß doch, wie verlassen ich mitunter bin, während ich schreibe und komponiere. Na, das werden ja wieder Superlative der Liebestraurigkeit werden, hast du schon die Streichersektion für die Aufnahmen ins Tonstudio bestellt. Dann kannst du ja eine zweite Satire auf einen wehleidig Verliebten schreiben, die ich dir auch verzeihen werde. Sie vergisst mich über den dummen Witzen von zwei Bierbrauern, kannst du dir diese Kränkung vorstellen. Ich legte meinem Freund die Hand auf die Schulter. Mein Lieber, nachdem du bereits zwei Alben mit ausschließlich traurigen Balladen publiziert hast, fürchte ich um deine Karriere. Vielleicht würde ich endgültig von Magdalena geheilt sein, wenn sich mir eine neue Liebe auftun würde. Eine neue Liebe hast du dir mit deiner detaillierten Schilderung der Ereignisse leider erschwert, erklärte ich: Jede Frau, der du gefällst, überlegt sich eine Liaison dreimal. Sie alle haben Angst, du würdest die Geschichte in einer weiteren Publikation öffentlich machen. Tatsächlich war Beno schon einmal mit diesem Hinweis von einer Dame abgewiesen worden. Sie würde ja gern auf ein Liebeswochenende mit ihm verreisen, hatte sie erklärt, allerdings würde er ja immer gleich alles niederschreiben. Und sie habe kein Interesse, ihre erotischen Absonderlichkeiten in einem Buch wiederzufinden.

Ich konnte Lolli fühlen, fühlte ihr Herz, ihre Seele, jedenfalls etwas Wesentliches, das sie ausgemacht hatte. Und sobald ich sie in der Stadt unserer Liebe mental erfasst hatte, kehrte sie auch in meine Träume ein. Sie fühlte sich dort ebenso an wie bei meinem Hinspüren am Tag, so als hätte sie ihre Fröhlichkeit wiedergewonnen. In einem der Traumbilder packt sie mich bei der Nase und drohte, mir von meinem Mannesstab ein Stückchen wegzubeißen, weil ich sie betrogen hätte. Ich versuchte zu fliehen, sie aber packte mich immer wieder und riss auch ihren Mund auf, als würde sie ihre Drohung wahrmachen. Meine Trauer begann ihren Stachel zu verlieren, weil Lolli eine neue Leichtigkeit auszustrahlen schien. Wenn die Touristen rund um die Piazza Navona nachts zu lärmen aufhören, dauerte es nicht lang, bis die tüchtige Müllabfuhr und die gut organisierte Straßenreinigung das Centro storico auf Hochglanz polieren. Am Morgen glänzt das Pflaster, und die Werber an den Tischen der Restaurants überreden die Vorbeikommenden zu preislich überhöhten Konsumationen. In den folgenden Wochen würde ich mit Beno dort ein wenig heimisch werden. Sobald man am Morgen die Fensterläden aufschwingen lässt, zeigt sich der verlässlich blitzblaue Himmel. Natürlich blieb ich weit weg von dem

Hotel meines Unglücks. Von den örtlichen Behörden konnten wir auf unsere Anfrage hin kaum etwas erfahren, was uns bei der Aufklärung des Verbrechens helfen hätte können. Die Ermittlungen hatten lediglich Details über den Ablauf der Ermordung ergeben: Demnach war der Mörder wie ein Phantom über die arme Lolli gekommen. Sehr ortskundig durch einen Eingang fürs Personal eingedrungen, hatte er sich nach der Tat durch einen Abstieg über die rückseitige Hauswand entfernen können. Lediglich zwei Dinge ergaben sich aus diesen Fakten: Der Mörder musste ortskundig sein und zudem sehr klettergewandt, wahrscheinlich leichtgewichtig.

Auf unseren Streifzügen durch die Stadt kehrten wir auf meinen Wunsch hin immer wieder in Kirchen ein. Von jedem ein wenig erhöhten Punkt der Hügelstadt zeigt sich Rom als Stadt der Kuppeln, blau leuchten sie einem entgegen oder kupfergrün, als wäre uns ein Dach über Leben und Tod gespannt. Immer wieder betete ich vor einem Licht, das ich für Lolli angezündet hatte. Die Hitze war in die Stadt zurückgekehrt, man seufzte über troppo caldo so wie im Juli oder August. Nichtdestoweniger durchkämmten Touristentrupps die Stadt mehr oder weniger zielsicher nach den Sehenswürdigkeiten. Das Pantheon war nicht passierbar, ohne von einer vorgestreckten Kamera geschossen zu werden. Beno geriet wiederholt in Gefahr, in allzu bekannte Sentimentalitäten abzugleiten. Ich kann mir nicht helfen, versicherte er seufzend, auf jedem Platz, in jeder Straße begegnet mir Magdalenas Gesicht. Versuch einmal auf Männerhintern zu schauen, versuchte ich mit einem Witz meinen Freund aufzuheitern. Wenn du diese auch noch für das Antlitz deiner Liebsten hältst, dann hast du wirklich ein nachhaltig psychopathologisches Problem. Als ich aber meinem Freund keinen Grinser abringen konnte, ging ich auf seine Beschwernisse ein. Mein Lieber, erklärte ich, lass dir einen Rat von einem Dichterkollegen geben: Wenn Magdalena in Wirklichkeit die Frau ist, die du in deiner Novelle dokumentierst, dann nimm sie zur Frau, egal, welche Umstände dagegen stehen, auch wenn sie mit einem Killer verheiratet wäre und zehn Kinder hätte. Nimm sie dir zum Leben, sie soll sich scheiden lassen, denn man findet nur selten Frauen, die zu fliegen verstehen. Beno hatte aufmerksam zugehört, seine unausgesprochene Antwort auf meinen Vorschlag las ich deutlich aus seinen Augen: Ihm war es egal, ob Magdalena wirklich und immer zu fliegen vermöchte, es reichte ihm, dass er es ein paar Monate gespürt zu haben glaubte. Das wollte er sich bewahren, deshalb hatte er auch eine Novelle geschrieben, hatte dabei tief in den Tiegel des Pathos gegriffen, statt mit der geliebten Dame durchzubrennen. Leo war nicht wirklich neugierig, ob Magdalena ihn in zehn Jahren beim Frühstück noch liebevoll ansehen würde. Er hatte sich schon lang vor dieser Affäre für die Lebensform des Artifiziellen entschieden.

Über Nachrichten im Internet und Telefonate blieben wir nah am Geschehen um die Pugnatoren und ihren neuen Führer Ditrich Kuder. Was man nicht erwartet hatte, er brach mit den vormaligen Strukturen Hirnbachs, weil er sich von dessen kriminellen Taten distanzieren wollte. So löste er das Jugenderziehungslager, in dem neue Erziehungsmethoden für das künftige Reich brutalst erprobt worden waren, auf. Im selben Augenblick erfolgten die ersten Anzeigen durch die Staatsanwaltschaft, da Kuder Belege für Vergewaltigungen von Kindern den Behörden übergeben hatte. Heinrich Hirnbach hatte nicht nur theoretisiert, sondern das Zerbrechen von Heranwachsenden für eine gehorsame Volkstruppe erprobt, wie Lolli es entdeckt hatte. Die aus dem Züchtigungsinstitut Entfernten trauerten um ihre Vaterfigur Hirnbach, als hätten sie einen leiblichen Vater verloren, dabei waren sie alle geschlagen und gepeinigt worden. Diejenigen, die vor Kummer über Hirbachs Tod zerstört waren und entzündete Augen auf den Bildern aufwiesen, waren die am schlimmsten Traktierten. Mir fielen die Erzählungen von Bekannten ein, wenn sie von Schulerlebnissen der früheren Zeit berichteten. Als beste Lehrer galten die, die ein kompromissloses Regime des Schreckens durchgezogen hatten. Gewalt besitzt eine intime Qualität, die Verwahrlosten attraktiv erscheint. Die Psychen der pugnatorisch Erzogenen würden für ihr Leben ruiniert sein. Angela, die das Züchtigungsheim mit seinem psychischen und physischen Terror durchlebt haben musste, schien eine spezielle Fluchtmöglichkeit in ihrer mysteriösen Entrückung beschritten zu haben. Wie sie aus dem Campus entkommen war, war nach wie vor ungeklärt. Ihr restringierter Code würde eine Aufklärung auch in Zukunft erschweren. Die Öffnung des Campus für die Behörden, die Kuder nicht nur zugelassen, sondern befördert hatte, gab uns eine neue Hoffnung: Wenn die Marschalle Hirnbachs hinter dem Verbrechen an Lolli standen, sollten neue Hinweise ans Tageslicht kommen.

Inzwischen versuchten wir die Gegend rund um den Aventino auszuforschen, was aber kaum zu Ergebnissen führte. Oben öffnet sich der Blick auf den Petersdom so wie von allen höher liegenden Orten der Stadt, beim Aventino entweder vom Orangengarten aus oder durch das Schlüsselloch des Malteser-Palastes. Der Aventino ist eine der seltenen ruhigen Gegenden der Innenstadt, es gibt dort kaum Cafés und auch kaum Gaststätten. So gibt es auch wenig Möglichkeit, an die Cameriere vor Ort unauffällig Fragen zu stellen. Die beste Idee kam mir am Strand südlich von Ostia. Leo hatte über seine Verbindungen im Schützenbund wahrscheinlich Möglichkeiten, das Aktuellste aus den österreichischen Ermittlungen zu erfahren. Leo versprach sofort seine Unterstützung, außerdem bot er uns an, mit Waffe im Gepäck in Rom anzureisen. Uns sei mit seiner Präsenz im Waldviertel für den Moment mehr geholfen, antwortete ich. Beno und ich beschlossen, uns vorerst dem Nichtstun zu überlassen. Tatsächlich hat das südliche Meer diese Ausstrahlung, als würde es einen in seine weitreichenden Arme nehmen und zuflüstern, es gäbe nichts zu tun, als in die Weite zu schauen und dankbar fürs Dasein zu sein. Wenn es nicht der Grammatik widerspräche, müsste man sagen, in ihre weiten Arme, denn das Meer ist vom natürlichen Geschlecht her in jedem Fall Femininum. Auch wenn es Gewalt zeigt, ist es die weibliche Macht, die alles wieder dorthin zurücknimmt, woher es entsprungen ist. Ich bin niemals mit Lolli am Meer spaziert, dachte ich, war aber vor dieser Weite nur einen Augenblick lang versucht, in Kummer abzugleiten. Meinen Roman über die Umtriebe von Hirschbach hatte ich bereits begonnen, ich zögerte, meine Liebste darin vorkommen zu lassen. Zuvor müsste ich sie einfach um Erlaubnis bitten.

Leo konnte uns nicht gleich postwendend mit Informationen versorgen, so überließen wir uns den einladenden Armen des mare nostrum, wie die Italiener fälschlich sagen, denn das Meer gehört natürlich keiner Nation, sondern dem totum genus humanum. Vielen Menschen bleibt kein Spielraum mehr, das Meer anzuschauen, sie werden unerbittlich in die Arme einer ökonomisch bedingten Sklaverei gezwungen. Am Strand südlich von Ostia stürmten die Strandverkäufer einher, Immigranten aus Asien oder Afrika, verurteilt, den ganzen Tag viele Kilometer weit den Strand zu durchpflügen, um ein paar Getränke, Kokosnussspalten oder Schmuck für einen Sklavenlohn zu verscherbeln. Zu allem Hohn machten die Touristen Photos von den Hitzegepeinigten, weil sich Dunkelhäutige besser vom hellen Sand abheben. Vor einem halben Jahrhundert erfuhr die Dichterin Ingeborg Bachmann in Rom eine Wandlung, als sie die Armut in den Straßen der Stadt sah. Dort liegen alte Männer zu den Hauswänden gedreht, um elend und unversorgt Schlaf zu suchen. Ihre Träume liegen längst begraben so wie die Träume der dunkelhäutigen Männer, die sich für ein paar

Euro am Strand von Ostia ablaufen. Zur selben Zeit, ein halbes Jahrhundert nach Bachmann, steckte die arbeitslose Jugend in den Vorstädten Autos und Häuser in Brand. Sollten sich die westlichen Demokratien nicht bald ihrer Pflicht zum sozialen Ausgleich erinnern, würde es zunehmend Gewaltbereitschaft geben. Am Strand von Ostia nahm ich mir die Aufforderung zu sozialerer Marktwirtschaft als aktuelles Thema neben dem des rechtsradikalen Irreseins vor. Wie es Ingeborg Bachmann bereits vor einem halben Jahrhundert formulierte: Ich bin es müde, Metaphern aus Mandelblüten aufspringen zu lassen, über Sozialversicherung und die Armut der unteren Klassen muss gedichtet werden. Aber würde das Schreiben und Sprechen ausreichen, an Sonntagsrednern herrschte kein Mangel, die wurden sogar von den Ausbeutern bezahlt.

Am Morgen des nächsten Tages hatte ich Benno allein ans Meer geschickt. Mein Girokonto war bereits überzogen, nur zwischendurch war es mir gestattet, sinnierend herum zu spazieren und Sonnenuntergängen am Meer Beifall zu klatschen. Ich machte mich also in dem nahen, bezaubernden Café Il Fico daran, unter einem Feigenbaum etwas Substanzielles über die zunehmende Misere in der neoliberalen Welt zu schreiben: Ein Faktor im Hintergrund ist fatal, schrieb ich, dass nämlich die europäische Sozialdemokratie gemeinsame Sache mit dem Finanzmarkt gemacht hat, Blair hat z.B. in Großbritannien die Staatsfinanzen in Finanztransaktionen verstrickt und den Handel mit Finanzpapieren gefördert. Die Steigerung der Reallöhne ist in den letzten beiden Jahrzehnten immer hinter den gesteigerten Gewinnen der Konzerne zurückgeblieben. Leider sind solche Feststellungen nur die Basis, auf der politisches Handeln mit sozialer Verantwortung, und zwar global, aufbauen müsste. Deswegen drohen an vielen Orten Revolutionen einer zu Recht wütenden Jugend. Diese wohl nicht neue Analyse wollte ich mit einem rombezogenen Abschnitt erweitern: Rund um die Uhr wird der Ara patriae von zumindest zwei Wachsoldaten bewacht, aber für den auf dem Asphalt verendenden Obdachlosen rückt keine Hilfe aus, als vermutlich Alkoholabhängiger wird er mit einem Kopfschütteln seinem Schmutz und seiner Krankheit überlassen. Ebenso wenig kümmern die im Müll des Marktes bei der Stazione Ostiense wühlenden Gestalten, die hektisch wie Ratten nach Brauchbarem stöbern, irgendjemanden.

Neben der Hitze machte uns der Lärm der brodelnden Großstadt zu schaffen. Motorräder passieren, die den Lärm ihrer Motoren stolz als Sound präsentieren, Lieferwägen bahnen sich einen Weg durch die Menge und füllen mit ihrem Rattern die Häuserschluchten bis zu den Dächern. Ich wünschte mich zurück in die Wiener Vorstadt, wo ich in meiner kleinen Zweizimmer-Wohnung nur von den Rasenmähern der stolzen Hausbesitzer gestört werde. An Durchschlafen war in der Tor Millina nicht zu denken. Zu allem Überfluss erzählte mir, als ich mich endlich zum Frühstück geschleppt hatte, Beno einen sehsüchtigen Traum: Von Magdalena habe er geträumt, er hätte versucht, sie zu inmitten einer Gesellschaft zu treffen, aber sie wäre ständig mit anderen Personen beschäftigt gewesen. Einmal hätte er schon gedacht, sie müssten nun aufeinander treffen, weil sie schon face to face einander gegenüber standen, aber auch da wurde Magdalena von Personen, denen sie sich auf keinen Fall verweigern durfte, abgezogen. So habe er mit ihren Eltern konversiert, die er von früher her gut kannte. Magdalenas Vater hätte er umarmt, er fühlte sich fragiler als in früheren Jahren an. Kein Wunder, versuchte ich das Sentiment ein bisschen zu relativieren, wie alle seiner Artgenossen altert er vermutlich. Beno ließ sich seinen Aufschwung ins Pathos nichtabschwächen, warf mir nur einen vorwurfsvollen Blick zu. Er hätte Magdalenas Vater an sich gedrückt, hätte seine Brust am Herzen gespürt. In diesem Augenblick wäre ihm bewusst geworden, wie ungelebt unsere Zuneigungen blieben, weil wir immer nur einen Teil dessen zu leben wagen, was wir fühlen. Er habe sich auch noch mit Magdalenas Mutter unterhalten, die Leutselige wäre in das ihm so bekannte Lachen verfallen. Dann hätte sie einen scherzhaft tadelnden Ton angeschlagen und ihn ein wenig gemaßregelt mit den Worten: Immerhin hätte er zwölf gehabt, was bedeutete, er hätte in seinem bisherigen Leben bereits zwölf Frauen verführt. Dieser Schlusssatz seines Traumes führte dazu, dass Beno eine Stunde in Grübeln darüber verfiel, welche Frauen denn die Mutter Magdalenas gemeint hätte. Erstaunlicherweise kam er auf die gleiche Zahl wie die Traummutter von Magdalena.

Leo hatte uns für den folgenden Tag erste Daten über Hirnbachs Kontakte nach Rom im Speziellen angekündigt. Ich wollte den verbleibenden Tag für eine Rezension nutzen, zu der ich einmal im Monat bei der Zeitung Presse eingeladen war. Sobald ich also auf den Beinen war, hatte ich mich ins Il Fico fortbegeben, das zu rezensierende Buch in der Tasche. Aus der heutigen Literatur ragen für mich Peter Handke, Philipp Roth und Haruki Murakami heraus, wobei der Letztere die aufregendste und bemerkenswerteste Art des Schreibens betreibt. Ebenso erstaunlich, wie sein so entschleunigter Erzählatem ein umfangreiches und internationales Publikum erreichen kann. Gott sei Dank hatte mir der Chefredakteur den zweiten Band von IQ84 zugesprochen. Zunächst legte ich dar, wie es Murakami gelänge, in einer so säkularisierten Welt wie heute auf eindringliche und dezente Weise metaphysische Bereiche anzusprechen. Sodann ging ich dazu über, das erzählerische Talent anzusprechen, mit dem der Autor jede erotische Situation, aber auch jedes banale Tun so vereinnahmend vergegenwärtige. Wahrscheinlich ein Ergebnis seiner unglaublichen Meisterschaft, anschaulich darzustellen. Nach einer Stunde Arbeit beschloss ich, Beno an den Strand nahe bei Ostia nachzufahren, die Hitze hatte mir jede Arbeitskraft genommen, näherte sich dem Vierzig-

Grad-Punkt. Leider herrschte bei den Busverbindungen in Rom ein ausgeprägtes Chaos, und gerade an der Fermata des Trenta, der zur Bahnstation bei der Pyramide fährt, entstanden unerwartet lange Wartezeiten. So hatte ich bereits eine Dreiviertelstunde in der Hitze durchgehalten, bis ich so weit gekommen war, in den Zug ans Meer, der aber auch wieder vierzig Minuten fahren würde, zu steigen. Ich bat einen anderen Wartenden am Bahnhof, die Tasche zur Seite zu schieben, um mich auf einer Wartebank erholen zu können, merkte aber, dass ich meine Belastbarkeit überschätzt hatte. Ein allgemein flauer Zustand, der Probleme im Kreislaufbereich signalisierte, überkam mich. Ich kannte dieses Gefühl vor allem von Darminfektionen, bei denen ich gelegentlich kollabierte. So ging es mit einem Mal nur noch darum, auf den Beinen zu bleiben, ich beschloss, die Zugfahrt zu streichen, um mich vielleicht bei einer ausgedehnten Siesta zu stabilisieren. Um die zehn Euro Aufpreis, die eine Taxifahrt an Mehrkosten verursachte, war mir nicht leid, ich war froh, als ich es endlich wieder in die Wohnung an der Tor Millina geschafft hatte. Umso nachhaltiger die Panik, als ich feststellte, dass sich auch in dem nicht klimatisierten Appartement die Temperaturen hinaufschraubten, und zwar in eine Höhe, denen ein kreislauflabiler Körper kaum standhalten würde. Schon verschwamm mir die Welt vor den Augen, ich sank in eine Bewusstlosigkeit, aus der ich Gott sei Dank nach einer Viertelstunde von selbst erwachte und mich der Kreislauftropfen Effortil im Koffer erinnerte. Mit diesen hielt ich durch, bis Beno mich fand und mir mit kühlen Umschlägen und Getränken, später mit einem Nudelgericht, wieder auf die Beine half. An zwei Einsichten, die mich während der kurzzeitigen Bewusstlosigkeit überkommen hatten, erinnerte ich mich: Zunächst einfach den simplen Impuls, jeden Tag in seiner Gegebenheit und auch jede menschliche Zuwendung daraus wertzuschätzen, wenn ich wieder auf zwei Beinen stünde. Das unsinnige Gerangel um gesellschaftliche Positionierungen, bei dem wir mehr oder weniger gewollt uns selber und andere geringschätzen, wird angesichts der Hinfälligkeit des Leibes bedeutungslos. Die zweite Einsicht entstammte einem Abgleiten in ein mir unbekanntes Areal, in dem ich irgendwie zu liegen gekommen war. Es war kein Raum der Panik, eher Gelassenheit gegenüber der Todesangst, die mich zuvor gequält hatte. Das Verrückte daran war das Gefühl, Lolli wäre bereits an diesem Ort gewesen und sie wolle mir etwas zeigen. Ich müsste mir den Burschen ansehen, schien sie mir mitteilen zu wollen, und tatsächlich zogen Kolonnen von Menschen auf vielfältigen Ebenen ihrer Wege, die sich quer durch das sonderbare mentale Areal wanden. Lolli konnte ich nur ganz weit weg und auf einem ansteigenden Pfad abgewandt wahrnehmen, in einem näheren Bereich dagegen benahm sich ein schwarzhäutiger Jugendlicher auffällig. Er schien verstört und machte mit seinem wütenden Blick einen äußerst gewalttätigen Eindruck.

In der Ferne vermeinte ich Lolli nicken zu sehen. Mir waren diese Bilder erst nach der Ankunft Benos wieder eingefallen, zuvor war ich einfach nur froh gewesen, wieder im Leben zu sein und ins Leben zu schauen. Als ich Beno von den Bildern mit dem Burschen erzählte, war er der Meinung, wenn man nichts Handfestes zur Verfügung habe, könne auch Abstruses beim Auffinden des Mörders behilflich sein.

Im Vergleich zur Innenstadt Roms sind Luft, Wind und auch Temperaturen am Strand bei Ostia eine Wohltat. Schon wenn man aus dem Bahnhof hinaustritt, macht einem eine Brise Kühlung Hoffnung auf neue Lebenskraft, die eben noch eine gewaltige Hitze minimiert hat. Tatsächlich halfen vor allem die Abkühlungen im Wasser, die Leibestemperaturen und den durch die Erhitzung überforderten Kreislauf zu normalisieren. Ganz kurios, dass mich die siebenundzwanzig Grad hohen Wassertemperaturen zum Erzittern brachten, so verrückt agierte die bereits angegriffene Konstitution. Ich klapperte bei dem sonst als warm empfundenen Wasser mit den Zähnen. Am späteren Nachmittag kehrten mir endlich die Lebensgeister wieder, und ich begann, den Menschen am römischen Strand neugierig zuzusehen und ihren Themen nachzuspüren. So wie die Römer vermutlich krank sind, wenn sie sich nicht schon am Morgen ihre Befindlichkeiten zurufen, so unterbrechen sie ihre ausufernden und mit großer Eindringlichkeit geführten Konversationen den ganzen Nachmittag nicht. Am erstaunlichsten für jemanden, der österreichische Ehepartner im Umgang miteinander kennt, ist das lebhaft interessierte Gespräch, das südländische Eheleute unabhängig von der Länge ihres Zusammenseins genussvoll bestreiten. Wie ich in einem irischen Pub beobachtet habe, ist das auch bei anderen Nordländern nicht das Übliche, bei diesen dominiert das andächtige Sitzen vor einem fetten Braten das Zusammensein. Abstoßend dagegen am Strand von Ostia die aggressive Arroganz mancher jungen Römer, von denen der erste einem Strandverkäufer die Ware um einen Spottpreis abzuhandeln versuchte, um ihn auf seine Weigerung hin wieder in die ertraglose Sandwüste zu schicken. Der zweite und der dritte gesellten sich dem bösen Spiel bei, amüsierten sich über die beinahe ständig über den Sand hallenden Verkaufsrufe der Dunkelhäutigen, äfften das Aqua-Birra-Aqua-Birra im fremdländischen Akzent nach. Ausländer für sie bestenfalls Sklaven, die sich jede Herabsetzung gefallen lassen müssen, wenn sie sich schon auf dem Boden der großen italienischen Nation aufhalten dürfen. Der Sonnenuntergang am Meer kitschiger als auf den Grußkarten, er wurde dementsprechend von den vor einem Restaurant Wartenden wie eine Inszenierung mit Applaus bedacht. Als dann das Abendrestaurant die Pforten öffnete, erklang Keith Jarrets Klavierspiel aus riesigen Lautsprecher-Boxen und versprach die Wirklichkeit einer besseren Welt. Zumindest ließen die Improvisationen des Meisters solche Ahnungen aufkommen.

Am Abend fanden wir dann die von Leo beschaffte Liste mit den Kontakten, die von Hirnbachs Büro in den Süden abgegangen waren, in meiner Mailbox. Sie umfasste 200 Identitäten, die in den letzten beiden Jahren entweder telefonisch, über Email oder postalisch kontaktiert worden waren. Nur über das Netzwerk der Schützenbund-Bruderschaft war eine solche Indiskretion möglich geworden. Das ermittelnde Kommissariat hatte dem Schützenbundbruder Leo auf Wunsch sogar jeweils ein Bild beigefügt. Wir brauchten nicht allzu lange zu scrollen, da sprang mir der dunkelhäutige Bursche aus meiner Vision entgegen. Ich las die kurze Vita, Muhamed Aladid nannte sich nach seiner Emigration aus Libyen Giovanni, aus unbekannten Gründen hatte man ihn als Asylanten akzeptiert. Er war in verschiedenen Haushalten für Hausmeister-erarbeiten und Service angestellt gewesen. Später war er immer wieder mit dem Gesetz in Konflikt geraten, ohne abgeschoben zu werden. Die Polizei hatte keine Veranlassung, eine größere Fahndungstruppe auf den verschollenen Asylanten anzusetzen. Jetzt haben wir das Gesicht, das wir hinter Gitter bringen wollen, sagte ich beim Einschlafen ins Dukel auf Lolli zu, aber wenig Hoffnung, ihn zu schnappen. Sie nickte und lächelte, alles an ihr schien eine Aufmunterung zu sein. Schon halb schlafend, packte mich wieder der Schmerz über ihren Tod. Warum muss das Hinübergehen in die Anderswelt so schmerzhaft vor sich gehen, dachte ich. Die Bilder ihres getöteten Leibes waren infolge der intensiveren Nachforschungen wieder in mir virulent. Lolli ließ aber keinen Trübsinn zu und hatte, was sie anging, Recht damit: Der Hinübergang, der mir und den anderen materialisierten Lebewesen noch – vielleicht schmerzvoll - bevorstand, war von ihr bereits bewältigt. Schlaf gut, weinte ich, und wach gut auf, flüsterte sie mir beim Einschlafen zu. Allerdings war es Leo und mir nur für eine Stunde vergönnt, im Tiefschlaf Kräfte zu sammeln. Unten am großen, hölzernen Tor der Via Tor Millina versuchten lauthals grölende Deutsche das Schlüsselloch zu treffen. Offenbar stockbetrunken schrien sie: Los, vorwärts Brigade, habt besser Acht auf das Zielobjekt, sonst kommen wir erst am Morgen zum ultimativen Nachttrunk. Ich schaute auf die Uhr, es war nach vier, sogar die ansässigen und hier arbeitenden Italiener hatten jeder Art von straßenfüllender Kommunikation entsagt und waren zur Nachtruhe eingekehrt, nur die Saufkumpanen polterten das Stiegenhaus empor. Als die lautstarke Truppe die Wohnung über uns erreicht hatte, fiel den Burschen nichts Besseres ein, als sich auf den Balkon zu begeben und das ruhebedürftige Viertel mit deutschtümelnder Großmächtigkeit zu traktieren. Wie wir später erfuhren, handelte es sich um eine Abordnung der Studentenverbindung Arx Germanoromanica, deren zentrales Tun in exorbitanten Besäufnissen bestand, weshalb auch Frauen die Aufnahme in die Verbindung verwehrt war. Frauen wären beim maßlosen Saufen rein physiologisch benachteiligt, zu klein ihr Schlund.

Obwohl es irrational war, schlug ich Beno vor, möglichst viel in der Stadt zu vagieren und vielleicht durch einen Zufall dem Mördergesicht auf die Spur zu kommen. Am zweiten Tag unserer Streifzüge begegneten wir zwei der Nachbarsburschen aus der Tor Millina, wechselten ein paar deutschsprachige Sätze und wurden für den Abend zu einem Gläschen eingeladen. Unsere Gastgeber Hans und Reinhold konnten ihre Enttäuschung über unsere ideologiekritische Einstellung kaum verbergen,

Heldenmütig warfen sie sich aber in die Bresche, um einen Bekehrungsversuch zu deutschem Männertum an uns zu unternehmen: Wenn nur die Frauen bei den Familien blieben, statt sich in der Öffentlichkeit wichtig zu machen, wenn sie also einfach ihrer natürlichen Aufgabe entsprechend Kinder gebären und den Haushalt versorgen würden, wäre nicht so viel Durcheinander in die Welt gekommen. Die Kiste mit den leeren Weinflaschen war überfüllt, so wie jeden Abend maßen die Burschen ihr Heldentum an den Litern vertilgten Rheinweines. Eigentlich sind wir ja Feinde des Alkohols, wir vernichten ihn, scherzte Reinhold, worauf die Runde, uns ausgeschlossen, in ein mehrminütiges Lachen verfiel. Etwa fünf Minuten später war Hans in ein kaum männliches Gekicher verfallen, und nach der Ursache befragt, hatte er angegeben, ihm wäre gerade das allmorgendliche Rüsselwecken eingefallen. Bereitwillig klärten uns die deutschen Burschenschaftler über dieses Morgenritual auf: Alle in der Wohnung anwesenden Mannen onanieren um die Wette, auf diese Weise wird man auch nach dem schlimmsten Rausch wieder zu neuem Heldentum erweckt. Sollte die Hand einmal zu lahm sein, hätten sie gelegentlich ein Bürschchen zum Beistand, der auch sonst für allfällige Drecksarbeit zuständig sei, allerdings bezahlt werden müsste. Bei dem Hinweis auf das Bürschchen schossen mir wieder unsere römischen Ermittlungen in den Kopf, die ich bei der gebotenen Ladung an Schwachsinn beinahe vergessen hatte. Vielleicht würde es sich lohnen, dieses Bürschchen zumindest anzusehen, zumal es nach den Angaben der Angeber nicht der Herrscherrasse angehöre. Für den Augenblick fiel mir aber kein Vorwand ein, uns noch einmal in der Bude der Arx Germanoromanica einzuladen. Außerdem wäre es ein unglaublicher Zufall gewesen, das aus einer Vision stammende Gesicht eines Verdächtigen hier in der Nachbarschaft aufzuspüren.

Am nächsten Tag wurde klar, dass wir mit dem Appartement in der Tor Millina inmitten eines deutschsprachigen Konklaves gelandet waren. Denn in einem zweiten Stiegenhaus-Gespräch machten wir mit drei Damen einer österreichischen Künstlerdelegation Bekanntschaft, die Tür an Tür mit Arx Germanoromanica residierten. Die Freude, endlich Gleichgesinnten mit einem etwas breiteren Horizont zu begegnen, war groß. Für Beno hoffte ich, er würde durch Umgang mit den durchaus hübschen Damen vielleicht doch von seinem Kummer um Magdalena abgelenkt. Gerade vor dem Zusammentreffen hatte er zu jammern begonnen, seine ehemals Liebste würde ihm nur noch belanglose Emails wie einem guten Bekannten schreiben. So fanden wir uns schon nächsten Tages mit den Damen aus dem österreichischen Künstleratelier auf einem Ausflug nach Tivoli, wir wollten uns gemeinsam in der Hadriansvilla ergehen.

Vanja, die Österrreicherin aus Bulgarien, hatte ganz selbstverständlich die Führung übernommen, als wir uns endlich auf den Weg zur Metrostation Cavour machten. Allerdings hatte sie es nicht verhindern können, dass wir uns erst zur Mittagsstunde vom morgendlichen Kaffeehaustisch lösen hatten können. Schuld daran waren neben dem Schlafmangel der nachtliebenden Damen und der schlimm drückenden Schwüle vor allem das ausgedehnte Geschichtenerzählen an den Kaffeetassen. Während Vanja immer ein wenig unter dem verzögerten Begreifen der übrigen zu leiden schien, sorgte Olga, eine österreichische Ukrainerin, mit ihren Kommentaren für ein angenehmes Maß an Spitzbüberei. Ihre Neugierde für Mehlspeisen wie auch für modische Markenkleidung verzögerte unseren Fortkommen durch die brütende Stadt. Wirklich feinsinnig und unkompliziert war von den Damen wohl Anastasia, eine in Österreich geborene Österreicherin mit russischem Namen. Die Fahrt nach Tivoli ist im Grunde kurz und unbeschwerlich, verlängerte sich aber für uns bereits Vespätete dadurch, dass uns der Busfahrer aus Böswilligkeit weitab aussteigen ließ, um den ungeliebten Ausländern einen längeren Marsch aufzubrummen. Sein Grinsen durchschauten wir allerdings erst, als die Besitzerin eines Cafés, in dem wir uns notfallsartig erfrischen mussten, uns mit Kopfschütteln empfangen hatte. Ob wir denn gerne Umwege gingen, lachte sie, während wir mit kalten Getränken die ärgsten Kreislaufprobleme zu überwinden versuchten. Olga nützte die Unterbrechung im klimatisierten Café für eine doppelte Rauchpause, wir vier anderen waren an den kalten Getränken in unseren Stühlen zurückgesunken. Fünf Stunden nach unserem Aufstehen langten wir doch noch am Eingang der Hadriansvilla an, und während Vanja einen Presseausweis hervorzauberte, zögerte Olga, zehn Euro für ein offensichtlich groß angelegtes, aber recht wüst aussehendes Gelände mit ein paar Ruinen auszulegen. In Wirklichkeit hatten wir keine Wahl, denn nach einer fünfstündigen Anreise hat man nur als Verrückter die Option, nein zu sagen. Am ersten Teich der ehemals imperialen Prachtanlage sanken Olga und ich auf eine Bank, um uns von den Strapazen der Anreise und der gnadenlosen Nachmittagshitze etwas zu erholen. Vanja und Anastasja plauderten auf einer gemeinsamen Bank und gaben ein hübsches Paar ab. Sollten sie einmal heiraten und zusammen ziehen, würden sie einander bis an ihr Lebensende in treuer Ergebenheit lieben. Aber voraussichtlich würden sie sich wie die meisten Frauen ins Herkömmliche fügen und sich mit mehr oder minder gestörten Ehemännern plagen. Ich versuchte vergeblich, Benos Interesse an Olga zu erwecken, sie wäre mit ihrem kindlichen Temperament eine Erfrischung für seinen Hang ins Melancholische gewesen. Nach einer halben Stunde mussten wir Engelchen, wie wir alle Olga inzwischen nannten, wieder auf die Beine für die Besichtigung bringen. Sie schien nicht das geringste Interesse an den Steinhaufen zu haben, wie sie das archäologische Feld benannte. An einigen Ruinen vorbei gelangten wir zu anderen Ruinen, von denen ich mir angelesen hatte, dass es sich um Thermen, Bibliotheken und Wandelhallen handle. Dort hatten sich bereits einige amerikanische Studenten versammelt, die Gewölbe, korinthische Kapitelle und ägyptischen Marmormuster auf Papier skizzierten. An diesem Punkt unserer Fahrt aufs Land musste sich nun Vanja unaufschiebbar ins Gras legen, weil ihr

Kreislauf dringend nach Schlaf verlangte. Sie schlief auch gleich ein. Im Fremdenführer hatte ich gelesen, dass sich das Gelände ideal für Ausflüge eigne, da die Pinien, Bäume, Wiesen und auch Gewölbe hohen Erholungswert besäßen. Ich selber begab mich ebenfalls in die horizontale Lage, schließlich war mein Kreislauf noch ein wenig von der letzten Hitzekrise lädiert. Nur Beno starrte die Zypressen vor den roten Gewölben an, als könnte er aus ihrem Wuchs einen neuen Abschiedsgesang für Magdalena kreieren. Aber vielleicht arbeitete er bereits an neuen Liebesliedern und hatte sich nur noch nicht entschieden, ob er Olga, Vanja oder Anastasja favorisieren sollte. Nach einer halben Stunde ging es dann endlich wirklich ins Innere der Anlage, für den Augenblick schien niemand kräftemäßig auszufallen. Dafür habe ich zehn Euro bezahlt, seufzte und lachte Olga zugleich, während sie sich von einem schwarz-weißen Mosaikboden zum nächsten und von einer hochragenden Backsteinmauer zur nächsten bewegte. Das große Aufatmen stellte sich schließlich vor dem endlich spektakulären Canopus-Kanal ein, der einem ägyptischen Tempelbezirk nachempfunden ist. Kaiser Hadrian war für Kunst und Philosophie aus Griechenland und Ägypten begeistert gewesen. Nach acht Stunden waren wir schließlich am wirklichen Ziel unserer Überlandfahrt angelangt. Während die Damen für ihre künstlerische Arbeit weitere Perspektiven ausloteten, vermissten wir Männer bitterlich ein Café zwecks Erfrischung, zumindest war das Museum gekühlt, in dem ein bildnerischer Dialog von modernen italienischen Künstlern mit der antiken Anlage ausgestellt war. Für die Heimfahrt benötigten wir nur eine Stunde, nach einer halben Stunde Duschen rafften wir uns sogar noch zum Essengehen und ein paar nächtlichen Drinks auf. Halb auf den Tischen und Theken lungernd öffneten wir ein wenig unsere Lebensgeschichten einander. Heimwärts schlendernd hatten wir noch einige Photos auf den Displays von

Vanja und Anastasja durchgeblättert. Vor der Fassade des gemeinsamen Wohnhauses fand sich der von uns gesuchte Giovanni auf einem Photo abgelichtet. Nun begann sogar der vormals skeptische Beno aus Fügungen aus der Anderswelt zu glauben. Ja, Giovanni heiße der Bursche, bestätigten die drei Damen, er wäre ihnen wegen seiner häufigen Besuche in der Nachbarwohnung aufgefallen, wegen seines afrikanischen Aussehens im Zentrum der urbe Romana hätten sie ihn photographiert. Das Multikulturelle würde einen beachtlichen Aspekt dieser Stadt darstellen, den man auch im Rahmen eines bildnerischen Projektes verarbeiten könne.

Durch die Wahnsinnsexkursion zur Hadriansvilla hatten wir unerwartet Bestätigung und einen neuen Impuls für weitere Ermittlungen gewonnen: Vielleicht würden sich Mieter aus der Burschenschaft auf der polizeilichen Datei über Hirnbachs Kontakte finden. Noch einmal stürzten Beno und ich uns auf die Liste mit den zweihundert Identitäten. Den Aufzeichnungen nach hatte es nur ein einziges Telefonat gegeben, dessen Inhalt zu kennen uns erheblich weiterbringen könnte. Es war zwanzig Stunden, nachdem ich das erste SMS von Lolli aus Rom bekommen hatte, mit unseren Nachbarn geführt worden. Lediglich ein Besuch bei den beiden aufrechten Burschenschaftlern von Arx Germanoromanus konnte uns definitive Fortschritte bringen. Hans lachte erfreut, als er uns vor der Tür fand: Er hätte gewusst, dass Männerbünde unwiderstehlich wären, er könnte uns auch Kontakte zu Wiener Verbindungen vermitteln. Aber vorerst sollten wir diese neue Freundschaft begießen und den ersten Humpen leeren. Er hatte einen bayerischen Maßkrug vor sich und stellte zwei weitere auf den Tisch. Sie würden das Aufwärm-Trinken heute auf Deutsch-Bayerisch feiern, denn schließlich hätten alle deutschen Gaue ihre ureigensten Schätze. Auch Hopfen und Malz hätten zur Entwicklung des germanischen Heldentums beigetragen. Reinhold hatte sich noch nicht blicken lassen, weshalb ich mir nicht verkneifen konnte zu fragen, ob der Kommilitone heute beim Rüsselwecken trotz seiner unermesslichen Heldenhaftigkeit gegenüber Hochprozentigem weggeknickt wäre. Ich sah die Faust des deutschen Hansens ein klein wenig zucken, da besann er sich und grinste nur blöd. Zumindest sei ich ein Scherzbold, wenn auch ein bisschen entartet, was angesichts der allgemeinen Dekadenz nachsehbar wäre. Ob er denn nicht mitbekommen habe, wie großartig das Nationale und seine Verteidigung mit Breivik aufgeblüht sei, erwiderte ich. Sein Freund wäre mit dem Müll unterwegs, wechselte Hans nun zu etwas Alltäglicherem, sie hätten im Augenblick kein dummes Weib und keinen Negersklaven zum Dreck-Beseitigen gefunden. Aber ich solle ihn nicht mit Breivik behelligen, auch wenn dieser ideologisch Mutiges geäußert hätte. Nun wurde Hans seiner Aggressivität doch nicht mehr Herr und griff mir ans Hemd. Er würde mich Mores lehren, fauchte er böse, wenn ich hier eindränge, um das gute alte Deutschtum als Terrorismus zu schmähen. Bevor der Deutsche aber wirklich gewalttätig werden konnte, ließ ihn Beno, der sicher noch keine Waffe in der Hand gehabt hatte, in die Mündung meiner Smith Wesson schauen. Die Situation ist ernster als du meinst, erklärte er unmissverständlich. Wir führen hier Ermittlungen in einem Mordfall durch. Obwohl Beno nicht nur Hans, sondern auch mich mit seinem Vorstoß überrascht hatte, packte ich meine Liste mit Hirnbachs Telefonpartnern aus und klatschte sie auf den Tisch. Als Hans den Dokumentenkopf mit der Adresse des Polizeikommissariats sah, sackte er voller Panik zusammen, zeigte sich willfährig, brachte aber vorerst kein Wort über die Lippen. In diesem Augenblick trat Reinhold über die Schwelle. Ach, die Hausfrau kehrt heim, willst du als nächstes Staub saugen oder Fenster putzen, begrüßten wir den Überraschten. Auch der zweite deutsche Held verstummte, als er die Pistole und die polizeiliche Namensliste registrierte. In ihrer Verblüffung versicherten beide kleinlaut, trotz ihrer vielleicht übertriebenen Sprüche nie den Rahmen des Legalen verlassen zu haben. Wir versprachen, sie nur ein einziges Mal zu behelligen, wenn sie uns eine wichtige Frage ohne Ausflüchte beantworten würden. Beide hoben die rechte Hand zum Schwur, versicherten, bei Wotan und dem Papst würden sie schwören, die Wahrheit und nichts als die Wahrheit zu sagen. Nun verlangten wir Aufklärung über das Telefonat, das nach Lollis verhängnisvollem SMS aus dem Marschallbüros Hirnbachs mit ihnen geführt worden wäre. Sie hätten lediglich Giovanni vermittelt, gestanden sie, man hätte die Causa nicht dargestellt. Es gehe lediglich darum, eine Demütigung des aufrechten Denkens durch einen gehörigen Denkzettel zu rächen, hätte man seitens der PPN erklärt. Widerstand gegen eine Demütigung bedeute doch lediglich Gerechtigkeit, niemals hätten sie an Mord gedacht. Wir machten gute Miene zum bösen Spiel, versprachen, die beiden aus dem Verfahren herauszuhalten, würden sie weiterhin so kooperativ sein. Auf jeden Fall müssten sie uns ihre Kontaktdaten zu Giovanni überlassen und hundertprozentig Stillschweigen bewahren.

Tatsächlich war es durch die Angaben der verängstigten Burschenschaftler möglich, Giovanni über seine Geheimnummer zu orten und für ein Verhör festzunehmen. Über das Netzwerk, dessen sich Leo bediente, waren nun die Ermittlungen wieder den österreichischen und italienischen Behörden übergeben. Nach und nach fügten sich die Teile zu einem Ganzen. Hirnbachs Marschalle hatten über das SMS, das Lolli mir aus Rom gesandt hatte, ihr Hotel ausforschen können. Der Überwachungsapparat von Pugna pro Natione war technisch viel höher entwickelt, als wir es uns vorstellen hätten können. Nach der Detektierung hatten die Marschälle über die deutsche Burschenschaft den Mörderknaben angeworben. Für Giovanni Aladid war es nicht der erste Polizeikontakt, ebenso wenig das erste Verhör, bei dem er insistierende Fragen von sich abgleiten ließ. Für die römische Behörde war ein Telefonat, das zwar bezeugt war, kein zureichender Grund für eine Inhaftierung. So blieb ihr nichts übrig, als den Verdächtigen auf freien Fuß setzen. Die über Wochen erfolgenden Verhöre von Hirnbachs Marschällen, die genauen Datierungen der Anrufe, weitere Ermittlungen bei Arx Germanoromanica bestätigten meine Vermutungen über den Verlauf des Geschehens: Durch Lollis Liebesruf nach mir war es den Marschallen möglich geworden, ihren Racheplan in die Tat umzusetzen. Dass ich mit Lolli in einem Liebesverhältnis stand, war in Thayaegg und im Campus bekannter gewesen, als mir lieb war. So hatte man nur auf das SMS aus Italien gelauert, um Giovanni als Rachemörder loszuschicken. Für ihn war es Routine, lautlos in höhere Stockwerke von Hotels vorzudringen und wieder zu verschwinden. Es dauerte einen weiteren Monat, bis genug unumstößliche Indizien gegen Giovanni Aladid vorlagen.

Als endlich der Haftbefehl ausgestellt werden konnte, war Giovanni wie vom Erdboden verschwunden. Ich begann zu überlegen, ob ich nicht selber Hand an ihn legen hätte sollen. Nach zwei Tagen wurde aber seine Leiche vor Ostia angeschwemmt. Dort, wo der Tiber die Stadt Rom verlässt, hatte man ihn erschlagen und in den Fluss geworfen. Seine Verstrickungen in der Schwulen- und Naziszene hatten ihn vor einer möglichen Verhaftung das Leben gekostet. Prominenten Geschäftsleuten und Politikern, die Giovannis Dienste offensichtlich in Anspruch genommen hatten, war es zu riskant, ihn den anstehenden Kreuzverhören auszusetzen. Die Hinrichtung von Lollis Mörder machte meine Liebste nicht wieder lebendig, trotzdem empfand ich Genugtuung, dass Giovanni nicht davon gekommen war.

Beno und ich hatten nicht nur in Santa Maria del pace eine Kerze für Lolli angezündet, wir gingen auch aus, um auf die Klärung des Falles anzustoßen. Im Viertel an der Piazza Navona ging es aus anderen Gründen ebenfalls hoch her. Schön, dass du wieder herumgehst, schön, dass du wieder auf den Beinen bist, sagte Lolli, als sie mit mir in die frohe Menschenmenge blickte. Du gehst doch nicht ganz weit fort, bat ich sie. Zu dritt genossen wir den Abend. Vor Santa Maria del Anima trafen wir schuhplattelnde Bayern und sich drehende Bayerinnen. Sie feierten wieder ein Jahr, an dem der deutsche Papst am Leben geblieben war, nicht einmal Opfer einer zunehmenden Demenz geworden war. Ideologische Erstarrung entspricht der katholischen Doktrin, sodass Altersstarrsinn des Oberhauptes gar nicht bemerkt werden könnte. So erschöpften sich die Botschaften des kleinen weißen Mannes, wie er auf seinen Tourneen genannt wurde, in netten Stehsätzen, wie z.B. dass man Jesus als Freund haben und innerhalb der kirchlichen Institution seinen Glauben leben sollte. Einer der Schuhplattler bat mich darum, mich von ihm hochstemmen zu lassen und sich dann mit mir zu drehen. Ich lehnte dankend ab, konnte ihn aber nicht davon abbringen, fortwährend zu schreien: Was für ein Glück, dass ein Bayer ein Papst ist, jetzt gibt's endlich die richtigen Maß im Paradies. Überall an den im Freien aufgestellten Tischen jubelten die Deutschsprachigen Roms und ließen sich die zum Jubiläum kreierten Benediktwürste servieren. Auch jenseits der Piazza Navona war ein Menschenauflauf zu beobachten. Die Hintergründe erfragten wir von den Leuten am Eingang zu einem bemerkenswerten Theaterbau. Im Verlauf der zunehmenden Budgetkürzungen im Kultur- und Sozialbereich hatte die römische Stadtregierung, die noch weiter rechts als die staatliche ist, versucht, das feine Teatro in Valle tot zu sparen. Die dort arbeitenden Angestellten, sowohl im logistischen wie auch im produktiven Bereich, hatten nun das Theater in einer friedlichen Aktion besetzt und versuchten autonom, durch tägliches Kulturprogramm genug Publizität für ihre Anliegen zu bekommen. Junge Menschen auf dem Vorplatz, fasziniert von den eigenen Vorhaben und voller Unternehmungsgeist, schwebten am Bier oder an der Zigarette durch den römischen Sommer. In den schönen Anblick der jungen Menschen versunken, hatte ich sowohl Beno als auch Loli aus den Augen veloren. Mein Schatz, meldete sich meine Liebste plötzlich, das ist vielleicht nicht mehr ganz deine Lebensphase, außerdem kann man nicht mit allen schönen Frauen Sex haben, dafür sind es zu viele Millionen. Irgendwie war ich die dümmste Kröte in der Runde, denn auch Beno litt an diesem Abend kein Bisschen an Selbstmitleid. Er spüre, dass Magdalena ohne ihn glücklich sei, verkündete er und wirkte dabei so selbstlos wie ein zweiter Christus.

In den nächsten Tagen wurde in den Journalen und im Internet über das biographische und soziale Umfeld Giovanni Aldids berichtet. Als Halbwüchsiger war er von Libyen illegal nach Italien eingereist. Als Asylant hatte er sich die ersten Jahre mit verschiedenen Jobs legal über Wasser halten können. Zuletzt war er in den Kreis der kriminellen Migranten geraten, für die jede Methode zum Lebenserhalt gerechtfertigt ist. Die Tötung Weißer wurde mit großer Selbstverständlichkeit in Kauf genommen, wenn sie Geld brachte. Manche Afrikaner sahen die Tötung von Europäern nur als Wiedergutmachung dafür, dass diese Jahrhunderte lang schon den dritten Kontinent ausbeuten. Auch die heutigen liberalen Wirtschaftskonstruktionen bringen eine immer größere Verelendung der ärmeren Länder mit sich. Und dass in diesem Zusammenhang unzählige Kinder verhungern, ist nach Meinung radikaler Benachteiligter mit Mord gleichzusetzen. Giovanni war gerade dabei, im Netz der Illegalen Karriere zu machen: Seine Klientel war explosiv angewachsen, als klar geworden war, er würde kompromisslos töten, wenn ein gehöriger Gewinn zu machen wäre. Mit seinen relativ hohen Einkünften finanzierte er nicht nur Lebenserhaltungskosten, sondern übernahm sogar Arzt- und Ausbildungskosten für seine Klientel. Durch das Netz im Untergrund, in dem Giovanni sich bewegte, wäre er schwer zu fassen gewesen. Da er für mehrere Menschen Einkommensquelle war, hätte ihn niemand aus dem Netz der afrikanischen Immigranten verraten. Seine Geldgeber aber aus der obersten Gesellschaftsschicht mussten sich dringend des Mörderburschen entledigen, bevor er einen der ihrigen denunzieren könnte.

Beno und ich buchten den Rückflug. Die in den Rachemord involvierten Marschälle im Waldviertel waren längst verhaftet, der Campus Pugna pro Natione trotz des neuen Führers endgültig abgewirtschaftet, als politische Kraft aus dem Rennen. Ditrich Kuder selber hatte die völlige Auflösung des Vereins verhindert. Ab und zu hörte man demokratiefeindliche Äußerungen von ihm, das demokratische System sei nicht in der Lage, solch außergewöhnliche Herrenmenschen wie ihn angemessen zu würdigen. Allerdings beschränkten sich seine Aktivitäten weiterhin auf Vereinsinternes. Im Augenblick wurde in Plenarsitzungen über eine Änderung des Vereinsnamens gestritten: Kuder wollte den Verein in Pugna pro Ditrich umbenennen.

Nach meiner Ankunft spazierte ich zum Mühlteich, setzte mich an das Ufer des wunderschönen Wassers. Inzwischen brauchte man im Freien Pullover und Jacke, und ans Untertauchen in diesem mysteriösen Gewässer war nicht mehr zu denken. Dennoch war der Himmel klar, und ich schloss die Augen, um meinem Dasein nachzuspüren: Was ist das größere Geheimnis, dachte ich: Dass die Menschen hier sind oder dass sie bald wieder verschwunden sind. So könnte ein Roman beginnen, der meine Geschichte mit Lolita Mendor erzählt. Ich griff zum Notizbuch und notierte dazu ein paar Einfälle, die meinen Roman über Hirschbach neu formen sollte. Na also, hörte ich Lolli sagen, vielleicht kannst du genug Soziales einfügen, damit die noch nicht rechtslastige Regierung dein Projekt finanziell fördert und du vielleicht einen Verlag findest. Für Fricke müsste ich die Unanständigkeiten eliminieren, zu denen du mich gezwungen hast. Das musste mir passieren, einer älteren Dame hörig zu werden. Lolli lachte, das Lachen schien aus dem Wasser und nicht aus meinem Inneren zu kommen. Du hast mir noch nicht gebeichtet, dass du mir zur Aufklärung dein Veni-SMS ein zweites Mal gesandt hast. Ich beichte auch nichts, hörte ich die Stimme aus dem Wasser. Das SMS, das mich nach Rom zurückgeholt hatte, könnte aber wirklich von meiner verstorbenen Loli stammen, weder bei Aladid noch bei den Marschällen war ein gesandtes SMS an mich aufgeschienen. Keine Sorge, ich werde Rudi Hundinger gewiss nicht die Freude machen, solch einen Satz in eines meiner Manuskripte zu übernehmen. Ich blickte eine Zeitlang über den Teichspiegel, ich würde im nächsten Jahr wieder hierher reisen. Auf dem Rückweg zum Hotel Thaya kehrte ich bei Schorsch im Gasthof Zum Aufrechten Waldviertler ein. Schorsch frappierte mich wie vor meiner Romreise mit seiner lebenslangen Dämlichkeit: Ob ich die Neuigkeiten zum Mord an Lolita Mendor gelesen hätte, wie er vorhergesagt hätte, wäre der Mörder ein Ausländer gewesen. Gott sei Dank wäre das Waldviertel wenigstens von solchen mörderischen Niggern frei, wenn auch der Zuzug von kriminellen Slawen und zunehmend von islamistischen Türken äußerst bedenklich wäre. Man erzähle sich, die Islamisten würden im Wald östlich von Litschau ein Minarett mitten im Hochwald planen. Wahrscheinlich um die verschleierten Bäumchen zum Beten zu rufen, warf ich ein. Das wäre doch Verspottung der deutschen Tannen und Fichten, schrie nun Schorsch, aus tiefstem Herzen aufgebracht. Ach ja, die werden beim Führerer-unser-Beten gestört, während sie sich ihrer Reinrassigkeit erfreuen. Ich war froh, dass der armselige Wirt noch nicht wusste, dass mit dem Geschehen in Rom auch Hirnbachs Ermordung geklärt war. Das würden die Behörden erst Monate später, wenn die Ermittlungen endgültig abgeschlossen wären und ich bereits wieder in

Wien wäre, bekannt geben. So ergänzte Schorsch, von mir unbehelligt, sein Palaver noch mit seinem Mitleid für Mendor: Der Gute wäre er in böses Gerede geraten, obwohl er doch nur die Aufrüstung gegen die Bedrohungen Europas unterstützt hätte. Zurück im Hotel Thaya setzte ich mich an den Strom und schaute dem braunen, in Strudeln abtreibenden Wasser nach. Was ist das größere Geheimnis, fragte ich, das Wasser, das von der Quelle herkommend am Hotel Thaya andriftet, oder der Wasserbereich, der im glitzernden Licht in der Ferne verfließt, um sich weitab schließlich ins Schwarze Meer zu ergießen. Diese Frage stellt sich nicht, sagte Lolli hinter meinen geschlossenen Augenlidern, lass unsere Liebe sein, wie sie war und ist.

In der Ferne, dort wo das Licht am hellsten gleißte, stellte ich mir Angela vor, die seit meiner Abreise nach Rom spurlos verschwunden war. Wie schön in ihrer Nacktheit und unbekümmert hatte sie auf den Sonnenpritschen posiert. Und warum kann Wahrnehmung so anders dimensioniert sein als die meine oder die der meisten anderen. Völlig andere Energien und Emotionen kristallisierten sich im Leib der schönen Angela. Auch wenn ich streng erzogen worden war, waren die Züchtigungen, denen die Schöne während des Aufwachsens ausgesetzt war, unvergleichlich brutaler gewesen. Wie sich bei den Verhören herausstellte, war sie das Kind einer der ersten Marschälle Hirnbachs gewesen. Ihr Vater, Marschall Josef Anmayer, hatte sie ohne Zögern dem Erziehungsinstitut von Pugna pro Natione überantwortet. Dort hatte sie alle Demütigungen über sich ergehen lassen müssen, dessen das verbrecherische System fähig war. Ich hörte Schritte hinter mir: Franz Flößer war mit seiner Frau an der Hand hinter mich getreten. Sie würden einen neuen Honeymoon erleben, erzählte mir Flößers Frau, und nur noch Hand in Hand durch die Welt gehen, sogar beim Geschirr-Wegräumen würden sie sich an der Hand halten, man hätte ja die andere Hand frei und könne so mit der einen Hand unverbrüchliche Liebe bezeugen. Flößer nickte verzweifelt, und gar keine Gemeinheit fiel ihm für mich ein. Auch ich schwieg, während die Fluten des Stromes zum Schwarzen Meer davonrollten.

Peter Reutterer, 1956 in Waidhofen a.d.Thaya geboren, bis zum achten Lebensjahr im Waldviertel aufgewachsen. Lebt in Bergheim bei Salzburg als Autor und Kulturvermittler. Verschiedene Auszeichnungen und mehrere Buchveröffentlichungen.

Im Verlag Bibliothek der Provinz erschienen:
Forsthaus, *Kurzprosa*
Filmgänger, *Kurzprosa*
Lokalaugenschein, *Kurzprosa*
Schräglage, *Satiren*

Verlag Bibliothek der Provinz

Literatur, Kunst und Musikalien